젊은 베르테르의 슬픔

일러두기

• 이 책은 J. W. von Goethe, 『The Sorrows of Young Werther』(Project Gutenberg, 2009)를 참고했습니다.

진형준 교수의 세계문학컬렉션

18

젊은 베르테르의 슬픔

Die Leiden des jungen Werthers

요한 볼프강 폰 괴테 지음

살림

요한 볼프강 폰 괴테

오스트리아 화가 앙겔리카 카우프만의 1787년 작품.

「프랑크푸르트암마인 Frankfurt A/M」

독일 화가 보름스의 1845년경 작품. 괴테의 고향으로 유명한 프랑크푸르트의 정식 명칭은 프랑크푸르트
암마인(Frankfurt am Main)인데, 12세기에 건설되었으며 18세기에는 신성로마제국 황제의 대관식이 거
행된 중요한 도시였다. 이런 도시에서 왕실 고문관인 아버지와 시장의 딸인 어머니 사이에서 태어난 괴테
는 아버지에게서 근면성과 강인함을, 어머니에게서 예술성과 문학성을 물려받았다. 어린 시절 아버지와
가정교사들 밑에서 당시 보편적이던 온갖 분야의 교육을 받았다. 특히 언어는 그리스어, 라틴어, 프랑스어,
이탈리아어, 영어, 히브리어까지 공부했다. 또 춤, 승마, 펜싱도 배웠다. 그는 그림에 가장 심취했지만, 곧 문학
에도 빠져들을 호메로스와 당시 독일 시인 프리드리히 클로프슈토크의 작품을 매우 좋아했다. 연극을 보
러 극장에도 자주 드나들었으며, 독서 또한 열심히 했는데 역사책과 종교책 읽는 것을 무척 즐겼다.

샤를로테 부프

작자 미상의 작품. 괴테는 1765~1768년 라이프치히 대학교에서 법학을 전공하고 1770년 스트라스부르 대학교에서 법학 박사 학위를 받았다. 그리고 23세 때인 1772년 베츨라어 시의 고등법원에서 견습 생활을 하는 동안, 이미 다른 사람과 약혼한 샤를로테 부프(Charlotte Buff)와 사랑에 빠진다. 이 연애 체험이 바탕이 되어 탄생한 소설이 1774년 발표한 초기 걸작『젊은 베르테르의 슬픔』이다. 샤를로테 부프는 작품 속 여주인공 로테의 모델이다. 두 사람의 관계는 뜨거웠으나, 그녀는 끝내 괴테와 헤어지고 외교관이자 미술품 수집가인 요한 케스트너와 결혼했으며, 괴테는 그들에게 결혼반지를 보내주었다고 한다.

「바이마르 궁전 뜰의 뮤즈들 Der Weimarer Musenhof」

독일 화가 테오발트 폰 오어의 1860년 작품. 바이마르의 티푸르트 성 뜰에서 시인 프리드리히 실러가 시를 읽고 있는 모습이다. 오른쪽 기둥 앞에 괴테가 서 있다. 18세기 후반 독일에서는 바이마르 고전주의(Weimarer Klassik)라는 문학 문화 운동이 일어나 33년간(1772~1805년) 이어졌다. 이 운동의 주역이 괴테와 실러였다. 이전까지 독일을 지배하던 사상인 계몽주의(신고전주의)는 감정과 사고, 물질과 정신을 제대로 조화시키지 못했다. 그러자 18세기 들어 칸트는 비판철학을 내놓고 합리론과 경험론의 종합을 시도했고, 바움가르텐은 계몽주의가 무시했던 감정, 감각, 상상력, 기억 같은 요소를 더 강조하는 미학을 내놓았다. 이에 따라 문학에서도 괴테나 실러 등은 '슈트름 운트 드랑(Sturm und Drang)' 또는 '질풍노도(疾風怒濤, 거센 바람과 성난 파도)'라고 불리는 운동을 발전시켰다. 고통, 고뇌, 두려움을 동반하는 강렬한 현실과 비천하고 본능적인 모든 요소를 부각시키려 한 이 운동을 대표하는 작품이 바로『젊은 베르테르의 슬픔』이다.

「괴테의 베르테르를 낭독함 Vorlesung aus Goethes Werther」

독일 화가 빌헬름 암베르크의 1870년 작품. 한 여성이 다른 여성들에게 『젊은 베르테르의 슬픔』을 읽어서 들려주는 모습을 그렸다. 『젊은 베르테르의 슬픔』은 1774년 출간되자마자 이루어질 수 없는 사랑과 자살이라는 충격적인 결말로 수많은 사람들의 마음을 사로잡았으며, 18세기에 이미 5개 언어로 번역되었다. 나폴레옹도 이집트 원정길에 이 소설을 챙겨갈 정도로 좋아했다. 당시 젊은이들은 소설 속 주인공 베르테르가 입은 노란 조끼와 푸른 연미복 차림을 흉내 내었고, 심지어 자살까지 따라했다. 이런 식으로 언론 등에 보도된 유명인의 자살을 따라하는 모방 자살을 '베르테르 효과(Werther effect)'라고 부르는데, 1974년 미국 사회학자 데이비드 필립스가 『젊은 베르테르의 슬픔』에 근거하여 이 용어를 만들어냈다.

젊은 베르테르의 슬픔 차례

불쌍한 베르테르에 관한 이야기를 꼼꼼히 찾아내서

여기 여러분 앞에 내놓는다.

여러분은 베르테르에 대해 찬탄하지 않을 수 없을 것이며,

그를 사랑하게 될 것이다.

또한 그의 슬픈 운명에 대해 눈물을 아끼지 않을 것이다.

베르테르와 같은 사랑의 열정을 지닌 여러분,

그와 같이 착한 마음씨를 지닌 여러분,

그의 슬픔에서 위안을 얻으라.

만일 여러분에게 진정한 친구가 없다면,

이 자그마한 책을 친구로 삼으라.

제 1 부

1771년 5월 4일

친구, 그곳을 떠나오니 얼마나 기쁜지 몰라. 인간의 마음이란 정말 얼마나 이상한지! 그렇게도 떨어지기 어려웠던 자네와 헤어져 기쁨을 느끼다니! 하지만 용서해주리라 믿어. 무슨 운명인지 자네를 제외하고는 내 주변에 얼마나 힘든 사람들만 있었는지 자네는 알 테니까.

하긴 레오노레에게는 미안한 생각이 들어. 그러나 내 책임은 아니지. 내가 호감을 갖고 있었던 것은 그녀의 동생이었으니까. 그런데 레오노레의 가슴속에 나를 향한 사랑의 불길이 일다니! 그건 나도 어쩔 수 없는 일 아니겠어?

하지만 그렇게 말하고 나니 반성이 되긴 해. 과연 내게 전혀 책임이 없었을까? 그녀의 사랑의 불씨를 내가 지핀 것은 아니었을까? 그 사랑을 내가 키워온 것은 아니었을까?

아니, 그만할게. 이봐, 자네에게 약속하지. 내 마음씨를 고칠게. 이제 더 이상 과거의 불행을 곱씹는 짓은 하지 않을 거야. 현재를 받아들이고 과거는 과거대로 내버려둘 거야. 자네 말대로 지나간 불행을 되살리지 않고 현재를 있는 그대로 받아들이고 살아간다면 사람들 사이에 괴로운 일이 줄어들지 않겠어?

미안한 부탁 하나만 해야겠어. 내가 맡은 일은 제대로 잘 진행되고 있으며, 조만간 소식을 전하겠다고 우리 어머니께 좀 전해줘. 아주머니도 이미 만나봤어. 직접 만나보니 우리 고향에 자자한 소문처럼 그렇게 고약한 여자는 아니었어. 흥분을 잘 하긴 하지만 쾌활하고 마음씨 착한 여자야. 왜 어머니 몫의 유산을 빨리 주지 않느냐고, 어머니 뜻도 이미 전했어. 여러 가지 이유를 대고 조건도 달더군. 하지만 결국 어머니가 원하는 것 이상으로 내주겠다고 선선히 말했어. 아무튼 그 이야기는 더 이상 하지 않을래. 만사가 잘될 것 같다고만 어머니께 전해줘.

이번 일을 보고 배운 게 있어. 이 세상 많은 분란은 술수나 악의가 아니라 오해나 게으름 때문에 빚어진다는 것을 알게 되었지.

어쨌든 나는 이곳에 와서 잘 지내고 있어. 이 천국 같은 곳에서 고독을 즐기자니 마음이 진정돼. 이곳은 온통 꽃밭이야. 벌이라도 되어 그 꽃향기 속을 훨훨 날아다니며 내 몸의 양분을 찾고 싶은 심정이야.

물론 거리는 불쾌해. 하지만 주변 자연은 너무 아름다워. 특히 고인이 된 M 백작이 언덕에 가꾸어놓은 정원이 아주 마음에 들어. 정원을 보면 그가 얼마나 유유자적하며 자연을 즐기는 풍류객이었는가를 여실히 보여줘. 정자에 앉아 있자면 그의 마음이 그대로 전해져와. 그를 생각하며 눈물을 흘린 적도 있었지. 정원사가 내게 호감을 가져서 마치 주인처럼 그 정원에 마음대로 드나들 수 있게 되었어.

5월 10일

　　이상할 정도로 기분이 명랑해. 내 영혼에 꼭 맞는 이곳에서 나 홀로 지낼 수 있다니! 정말 행복해. 정다운 친구! 나는 아늑한 현재의 분위기에 완전히 젖어 있어. 그 때문에 내 예술이 손해를 보고 있지. 지금 같아서는 그림을 그릴 수 없을 것 같아. 단 한 줄의 선도. 하지만 내가 지금 이 순간보다 더 위대한 화가였던 적은 없었어.

　　주변 정다운 골짜기에 안개가 서리고, 햇빛도 스며들지 못하는 어두운 숲 위로는 태양이 높이 떠 있고 몇 줄기 햇살이 성당 깊숙한 곳까지 숨어들어 오고 있어. 나는 냇가 무성한 풀 사이에 누워 대지에 몸을 맡기지. 그리고 풀숲에 숨어 있는 온갖 작은 생명체들을 느껴. 그리고 자신의 모습으로 우리를 창조하신 전능하신 분의 숨결을 느껴. 친구, 이윽고 밤이 되어 온통 어두워지면, 주위 세계와 하늘은 마치 정다운 애인의 모습처럼 나의 영혼 속에 온전히 깃들게 돼. 그럴 때면 나는 가슴이 부풀어 이런 생각을 하지.

"아, 이렇게도 내 마음을 훈훈하게 만드는 것들, 이렇게도 나를 벅차게 만드는 것들을 그려낼 순 없는 걸까? 캔버스에 생명을 불어넣을 순 없는 걸까? 우리 영혼이 신의 거울이듯이, 그림이 우리 영혼의 거울이 되게 할 수는 없는 걸까?"

친구, 그런 생각을 하다가 나는 모든 것에 압도되어 그냥 쓰러져버려. 장엄한 자연의 위력에 압도되어버리는 거야.

5월 12일

　　　　　내 주위의 모든 것이 내게는 정말 천국처럼 여겨져. 하늘의 정령이 이곳을 떠돌고 있어서인지, 아니면 내 마음속 상상 때문인지는 모르겠어.

　거리를 벗어나면 샘이 하나 있지. 나는 좀처럼 그 샘을 떠나지 못해. 조그만 언덕을 내려가면 아치형으로 된 문이 하나 나와. 그곳에서 스무 계단쯤 내려가면 비할 데 없는 맑은 물이 대리석 사이에서 솟아나오지. 얕은 돌담, 높이 솟은 나무들, 그 서늘한 기운들이 뭔가 사람의 마음을 끌어. 나는 하루도 빼놓지 않고 그 샘 가에 가서 시간을 보내.

　거리의 소녀들이 그곳에 와서 물을 긷지. 옛날에는 공주들도 그렇게 손수 물을 길었다잖아? 그곳에 앉아 소녀들 모습을 보고 있노라면 우리 선조들의 모습이 그 샘 가에 생생하게 되살아나. 선조들이 샘 가에서 인연을 맺는 광경, 샘 가를 떠도는 정령이 그들에게 복을 주는 정경 등.

괴로울 정도로 무더운 여름날, 지치도록 오래 걸은 후 시원한 샘물로 기운을 차려본 적이 있는 사람이라면 누구나 내 말에 고개를 끄덕일 거야.

5월 13일

　　내 책을 이곳으로 보내겠다고? 사랑
하는 친구, 제발 그러지 말아줘. 지금 나는 책을 읽고 격려받
거나 충고받을 필요가 없어. 그런 것 없이도 이곳에서 나는
온갖 충동들로 충분히 들끓고 있어. 여기서 내가 필요한 것은
자장가뿐이야. 내 끓어오르는 피를 잠재울 자장가!

　　자네는 지금 내 마음이 얼마나 쉽게, 그리고 얼마나 자주
변하는지 상상하기도 어려울 거야. 하긴 자네는 번민에 빠져
있다가 오만해지곤 하던 내 모습, 우울증에 빠져 있다가 갑자
기 열정에 사로잡히곤 하던 내 모습을 자주 봤었지. 그래서 자
네에게 폐를 끼치곤 했지.

아무튼 나는 이곳에서 내 마음을 아예 병든 어린아이 취급하고 있어. 그냥 마음대로 하게 내버려두고 있지. 그러니 책으로 나를 다잡을 생각일랑 아예 하지 말기를 바라.

5월 17일

이곳에서 지내면서 여러 부류의 사람들과 알고 지내게 되었어. 하지만 마음이 통하는 친구는 발견하지 못했지. 내가 사람들에게 호감을 주는지 많은 사람들이 나를 좋아해. 하지만 그뿐이야. 만일 이곳 사람들이 어떠냐고 내게 묻는다면 사람이란 어디서나 다 똑같다고 대답할 수밖에 없어.

그렇잖아? 대부분의 사람은 살기 위해 대부분의 시간을 허비하지. 자유롭게 쓸 수 있는 시간이 조금이라도 생기면 오히려 마음에 걸려 그 자유에서 벗어나려고 애를 쓰잖아? 아, 인간이라는 존재가 지닌 운명이란 얼마나 기이한 건지!

하지만 이상하게 생각하지는 마. 이들은 정말 좋은 사람들이야. 나는 그들과 함께 식탁에 앉아 즐거운 이야기도 나누고 함께 들놀이도 가고 춤도 함께 추곤 해. 인간에게 허용되어 있는 즐거움을 그들과 함께 나눈다는 건 좋은 일이지.

하지만 내 마음속에는 그런 것과는 또 다른 힘이 있음을 나는 느껴. 그리고 이렇게 지내다가는 그것을 그냥 썩혀버리는 게 아닌가 하는 생각이 어쩔 수 없이 들어. 하지만 그것을 밖으로 드러내면 남들에게 오해를 불러일으키는 게 인간의 운명이잖아!

그래, 자네도 알다시피 나는 사랑을 했었지. 아, 그녀가 일찍 죽은 게 너무 한스러워. 이 세상에서 이미 찾을 수 없는 사람 이야기를 하고 있으니 나는 정말 어리석지? 하지만 여기서 이렇게 지내다 보니 그녀가 더 생각나는 걸 어떡해.

한때 그녀는 내 것이었지. 나는 그녀의 위대한 영혼을 느끼고 있었어. 그 영혼과 함께 있으면 나는 내가 무엇이든 될 수 있을 것 같았지. 그 영혼과 함께 있으면 나는 실제의 나보다 더 위대한 존재가 되었어. 정말 이상한 일이었지. 그때는 내 온 영혼의 힘이 다 발휘되는 것 같았어. 내 마음속 모든 감정이 쏟아져 나와 그 감정으로 온 자연과 세상을 감쌀 수 있었지. 아, 나보다 나이가 많았던 그녀는 이제 이 세상에 없지. 나는 그녀를 절대로 잊을 수 없을 거야.

며칠 전에 V라는 젊은이를 만났어. 아주 솔직하고 잘생긴 청년이지. 대학을 갓 나왔고 머리가 좋다고 내세우지는 않지만 다른 사람보다 아는 게 많다고 자부하는 청년이지. 여하튼 아주 부지런하고 상당히 박식해.

내가 그리스어를 알고 그림을 그린다는 말을 듣고 찾아왔더랬어. 내게 자신이 유식하다는 걸 크게 자랑하더군. 좋은 책도 많이 가지고 있다고 자랑했어. 어쨌든 호감이 가는 청년이라서 조용히 그의 말을 들어주었어.

또 한 사람 아주 괜찮은 분을 알게 되었어. 영주의 토지를 관리하는 사람인데 아주 솔직하고 성실한 분이지. 자식이 아홉이나 된다고 하더군. 그중에서도 큰딸은 평판이 아주 자자해. 그분이 나를 초대해주었으니 가까운 날을 잡아서 한번 가볼 작정이야. 여기서 한 시간 반쯤 떨어진 영주의 사냥 별장에 살고 있어. 사람들은 그곳을 수렵관이라고 부르지. 부인이 별세한 후 마을에 있는 관사에 사는 게 괴로워 영주의 허락을 받고 그곳으로 이사했다더군.

그 외에 한두 사람 괴짜들도 알게 되었는데 하는 짓이 정말이지 참기 힘들어. 하지만 더 괴로운 건 그들이 내게 친한 척하는 거야.

5월 22일

인생이 하룻밤 꿈과 같다는 말을 여러 사람이 했지? 내게도 그 생각이 떠나질 않아. 인간이 지닌 열정과 탐구력은 끊임없이 한계에 부딪힌다는 걸 자네도 잘 알지? 모든 활동이 실은 그저 욕망 충족을 위한 것일 뿐이고, 그건 결국 우리의 불쌍한 목숨을 연장시키려는 욕망으로 귀결된다는 것을. 우리는 모두 그 맹목적 욕망에 사로잡혀 있을 뿐이라는 것을. 그리고 자기가 사로잡혀 있는 감방의 벽을 다채로운 모양과 색으로 치장할 뿐이라는 것을. 다 한바탕 꿈같은 일일 뿐이지.

이런 것들을 확인할 때마다, 빌헬름, 나는 할 말이 없어져.

제1부

그래서 나의 내부로 들어가 거기서 새로운 세계를 발견하려 할 수밖에 없지. 하지만 그곳에서는 모든 게 모호해. 모든 게 어렴풋할 뿐이지. 그래서 나는 꿈을 꾸면서 이 세상을 향해 미소를 보내.

어린아이들은 뭔가를 원하면서도 자기가 왜 그걸 원하는지 모르지. 하지만 어른들도 어린아이들과 똑같아. 그냥 이 땅 위를 비틀거리며 걸어갈 뿐이야. 자기들이 어디서 와서 어디로 가는지 모르지. 목적을 갖고 행동하는 것이 아니라, 달콤한 비스킷이나 회초리의 지배를 받을 뿐이야. 아무도 내 말을 믿지 않겠지. 하지만 내가 보기에는 너무나 명백한 사실이야.

자네가 내게 무슨 말을 할지 잘 알고 있어. 그리고 자네의 말을 어느 정도 인정하지. 그래, 어린아이들처럼 덧없이 하루하루를 지내는 게 행복하겠지. 맛있는 과자를 손에 넣은 후 그것을 뒤로 감추고 엄마에게 더 달라고 애원하면서 살면 행복하겠지. 사실이야. 그렇게 살면 행복할 수 있다는 건 확실해. 그들이야말로 복 받은 피조물들이지.

넝마 조각에 불과한 자신의 일에 화려한 이름을 붙이고 인류의 안녕, 복지를 들먹이는 자들, 순전히 개인적인 욕심을 화려한 말로 치장하는 자들, 그들도 행복하다고 할 수 있겠지. 그들에게 복이 있기를!

그러나 모든 것이 결국 어떻게 끝나든 겸손하게 받아들이는 사람, 행복한 시민이라면 누구나 자기만의 조그만 정원을 낙원으로 꾸밀 수 있음을 알고 있는 사람, 제아무리 무거운 짐에 시달리는 불행한 사람이라도 제 갈 길을 끈기 있게 걸어나갈 뿐임을 알고 있는 사람, 모든 인간은 누구나 단 일 분만이라도 저 햇빛을 더 보고 싶어 한다는 사실을 알고 있는 사람, 그런 사람은 조용히 입을 다물고 자기 속에서 자신의 세계를 만들어내는 사람이지.

친구, 그 역시 인간이기에 행복하잖아? 아무런 제약도 느끼지 않으니 무한히 자유로운 인간이잖아? 그가 원하기만 하면 언제고 이 감옥 같은 세상에서 나갈 수 있으니 얼마나 자유롭겠어?

5월 26일

　　자네는 내가 어떤 곳에 정착하고 싶어 하는지 알리라 믿어. 내가 어디든 정붙일 만한 곳에 오막살이 한 채를 세우고 가능한 한 조촐하게 살고 싶어 한다는 것을 자네는 잘 알지? 여기서도 마음에 드는 곳을 하나 찾아냈어.

　한 시간쯤 떨어진 곳에 발하임이란 곳이 있어. 경사진 언덕에 자리 잡아 경치가 아주 좋지. 오솔길을 따라 마을 위쪽으로 빠져 나가면 갑자기 골짜기 전체가 한눈에 들어와. 그곳에 여관이 하나 있어. 씩씩하고 마음씨 좋은 여주인이 맥주나 커피를 따라주지. 하지만 더 마음에 드는 곳은 커다란 보리수나무가 뒤덮고 있는 조그만 교회당 앞 광장이야. 농가와 창고가 빙 둘러싸고 있지. 그렇게 아늑하고 정겨운 곳을 찾아내기는 쉬운 일이 아니야. 나는 탁자와 의자를 여관에서 내오라고 한 다음 거기 앉아 커피를 마시며 호메로스를 읽곤 해.

어느 맑은 날 오후 나는 그곳에서 그림을 그렸어. 다들 들로 나가고 광장은 아주 조용했지. 네 살쯤 된 남자아이가 땅바닥에 앉아 있었어. 그 남자아이는 한 육 개월쯤 되어 보이는 아주 어린 아이를 자기 다리 사이에 앉히고 두 팔로 품고 있었지. 그 모습을 보자 마음이 흐뭇해졌어. 나는 건너편 쟁기 위에 앉아 그 아이들과 주변 정경을 사실적으로 그렸지. 그 아이들은 있는 그대로 자연이었어. 다 그리고 나니 대단히 흡족한 그림이 되었지. 나는 모든 것을 자연에 의지하자는 생각을 더욱 굳건히 다졌어.

그래, 무한히 풍성한 것은 자연뿐이야. 자연만이 위대한 예술가를 만들어내지. 사람들은 규칙이 가져다주는 이점에 대해 여러 가지 이야기를 해. 시민사회에 규칙이 있는 것과 마찬가지야. 규칙을 잘 준수하는 사람은 절대로 졸렬한 것을 만들지 않을 거야. 법을 잘 지키고 예의 바른 사람이 절대로 악당이

발하임

한스 발과 안톤 키펜베르크의 『괴테와 그의 세계(Goethe und seine Welt)』(1932)에 실린 삽화. 보리수나무가 서 있는 발하임(Wahlheim) 마을 광장의 모습을 그렸다. 베르테르가 소설 속에서 머무는 발하임의 실제 지명은 가르벤하임(Garbenheim)이다. 가르벤하임은 베츨라어 시 근처에 있는데, 괴테는 이 베츨라어에서 법률가 수련 생활을 하는 동안 『젊은 베르테르의 슬픔』의 여주인공 로테의 모델이 된 샤를로테 부프와 사랑에 빠진다.

젊은 베르테르의 슬픔

될 수 없는 것과 같은 이치지.

하지만, 하지만 일체의 규칙은 자연스러운 감정과 자연의 진실한 표현을 파괴해!

"무슨 그런 지나친 말을 해? 규칙은 불필요한 것들을 잘라낼 뿐이야"라고 자네가 항변하는 소리가 들리는 것 같아.

친구, 내가 한 가지 비유를 들어도 괜찮을까? 그건 마치 연애와 같은 거야. 어떤 젊은이가 사랑에 빠졌다고 쳐. 그는 절대로 그 여자 곁을 떠나려 하지 않아. 밤이고 낮이고 그 여자만 보고 싶어 해. 자기의 모든 힘, 온 재산을 다 바쳐 그녀의 사랑을 얻고자 해.

그런데 그 모습을 본 어느 점잖은 신사가 충고를 해.

"여보게, 젊은 친구. 사람이라면 누구나 사랑을 하기 마련이지만 사람다운 사랑을 해야만 해. 시간을 온통 사랑에 빼앗기는 건 어리석은 짓이야. 시간을 쪼개서 반은 일하는 데 쓰고 나머지 쉬는 시간을 그 여자에게 바쳐야지. 재산을 그렇게 마구 낭비하지 말고 여윳돈으로 여자에게 선물을 해야지. 그렇게만 한다면 말리지 않겠어."

만일 그 젊은이가 이 충고를 따르면 아주 쓸모 있는 사람이

되겠지. 나도 그런 젊은이라면 좋은 일자리를 추천해주고 싶
어. 하지만 그가 예술가라면? 그의 예술은 그걸로 끝장이겠지.

친구, 왜 천재들의 물결이 터져 나와 홍수를 이루는 일이
그토록 드물까! 왜 그 물이 쏟아져 내려 우리의 영혼을 뒤흔
들어놓는 일이 드물까! 사랑하는 친구! 천재들의 물결 양쪽
언덕에는 평범한 신사 양반들이 살고 있으면서, 자신들의 집
이나 꽃밭, 채소밭이 그 물결에 휩쓸리지나 않을까 둑을 쌓고
방어를 하고 있는 게 아닐까!

5월 30일

얼마 전에 그림에 대한 이야기를 해
준 적 있지? 시에 대해서도 마찬가지야. 중요한 것은 핵심만
뽑아서 표현하는 거지. 오늘 내가 목격한 일을 소박하면서도
정확하게 글로 쓴다면 정말 아름다운 목가(牧歌)가 될 거야. 하
지만 아무러면 어때? 억지로 시나 연극으로 만들려 하기보다
그냥 있는 그대로 즐기면 되지.

자네는 무슨 굉장한 이야기인가 기대하겠지? 그렇다면 자
네는 내게 멋지게 속은 거야. 내 마음을 사로잡은 것은 한 시
골 하인에 불과하니까. 이번에도 발하임에서 있었던 일이야.
이런 보기 드문 일이 벌어지는 곳은 늘 발하임이지.

보리수나무 아래서 커피를 마시다가 나는 여관 근처를 어슬렁거리고 있었어. 그러다 하인 차림의 한 남자를 만났지. 전에 내가 걸터앉아 그림을 그리던 쟁기를 고치고 있더군. 인상이 좋아 보여서 그에게 말을 걸었어. 내가 그런 부류의 사람들을 좋아하는 걸 자네도 알지? 우리는 금방 친해졌어. 그는 어떤 미망인 집에 하인으로 있다더군. 그 미망인에 대해 이야기하는 걸 들으니 그가 그녀에게 홀딱 빠져 있다는 걸 금방 눈치챌 수 있더군. 그녀는 이제 젊은 나이가 아니며 첫 남편에게 학대를 받았기 때문에 다시 결혼할 생각이 없다고 했어. 그의 순수한 사랑과 충정을 제대로 전달하려면 그가 한 말 한마디 한마디를 그대로 되풀이하는 수밖에 없겠다 생각했어. 위대한 시인의 재능 없이는 그가 몸짓으로 보여준 것, 그의 목소리에 담긴 사랑, 그의 눈에서 보이는 은밀한 불꽃을 제대로 표현할 수 없을 거야.

자기 안에 들끓고 있는 욕망, 뜨겁고 간절한 그리움을 그처럼 순수하게 표현하는 사람은 지금까지 살아오면서 한 번도 본 적이 없었어. 그런 순수함이 존재하리라고는 꿈도 꾸지 못했어. 그 순수함을 떠올릴 때마다 나 역시 마음 깊은 곳 어디

에선가 불꽃이 인다고, 그런 불꽃을 갈망하고 애태운다고 말
하면 자네는 나를 꾸짖겠지?

나도 그녀를 서둘러 만나볼 생각이야. 아니야, 다시 생각해
보니 그러지 않는 게 낫겠어. 그녀의 애인 눈을 통해 그녀를
보는 게 훨씬 낫겠어. 직접 보면 지금 내가 마음속에 그리는
모습과 다를 수도 있거든. 그 아름다운 모습을 뭐 하러 애써
깨버려?

6월 16일

　　　　　왜 오랫동안 자네에게 편지를 쓰지 않았냐고? 그런 걸 묻다니. 자네는 그렇게 둔한 사람이 아닐 텐데……. 편지가 없더라도 내가 잘 지내리란 걸 알 텐데…….

솔직히 말할게. 실은 내가 어떤 사람을 알게 되었어. 지금 내 머리와 마음속은 온통 그 사람으로 가득 차 있어. 정말이지 어떻게 해야 할지 모르겠어. 그 사람을 알게 된 과정을 자네에게 요령 있게 이야기해줘야 할 텐데……. 아무튼 나는 지금 더없이 행복해. 그러니 역사학자처럼 공평하게 그 이야기를 해줄 수는 없을 거야.

정말 천사 같은 여자! 제길, 누구나 자기 애인을 그런 식으로 부르지. 하지만 나도 이 말밖에는 할 수가 없어. 그 여자가 얼마나 완벽한지, 왜 완벽한지 설명할 수도 없고 이유를 댈 수도 없어. 어쨌든 그녀는 내 마음을 송두리째 사로잡고 말았어. 굉장히 이기적이면서도 지극히 소박한 마음씨, 너무나 단호하면서도 착하디착한 마음씨, 활달하기 그지없으면서도 참으로 차분한 마음씨.

하지만 그녀에 대해 이러쿵저러쿵 여러 가지 이야기를 늘어놓는 건 정말 지저분한 잔소리에 불과해. 그녀의 모습을 그리는 데는 방해가 될 뿐이야. 그렇더라도 지금 그녀에 대한 이야기를 해야만 하겠어. 지금 하지 않으면 영원히 못할 것 같기 때문에.

내가 그녀를 얼마나 간절히 그리워하는지 바로 이 편지가 증명해주고 있어. 이 편지를 쓰기 시작하고 나서 벌써 세 번이나 펜을 집어던지고 말을 타고 나서려 했어. 오늘 아침 그녀에게 가지 않겠다고 그렇게 속으로 다짐했는데……. 나는 참을 수가 없었어. 결국 그녀에게 갔다 왔지. 내 소중한 친구 빌헬름, 난 방금 돌아와 저녁 식사로 빵을 먹으며 자네에게 편지를 쓰고 있어. 이렇게 자네에게 편지를 쓰고 있으면서도 나는 여덟 명이나 되는 동생들에게 둘러싸여 있는 그녀의 모습을 떠올려.

아니, 이렇게는 안 되겠어. 이런 식으로 쓰다가는 도무지 무슨 소리인지 자네가 도통 알아먹을 수 없는 글이 될 것 같아. 자, 마음을 차분히 다잡고 차근차근 이야기하도록 할게.

얼마 전에 자네에게 쓴 편지에서 밝힌 대로 나는 법관인 S 씨와 알게 되었어. 바로 그 영지 관리인 말이야. 그의 소왕국을 한번 방문해달라는 청을 받았더랬지. 나는 차일피일 방문을 미루고 있었어. 그리고 만일 그곳에 숨어 있던 보물을 발견하지 못했다면 그냥 지나쳤을지도 몰라.

어느 날 평소에 알고 지내던 젊은 친구들이 시골에서 무도회가 열린다며 함께 가자고 했어. 나는 기꺼이 그러겠다고 했지. 무도회에는 파트너가 필요하잖아. 나는 평소 알고 지내던 한 여자에게 파트너가 되어달라고 부탁했어. 아름답기는 하지만 그 외에는 별 특징이 없는 여자였지. 그녀는 나의 부탁을 받아들였어. 그녀는 무도회로 가는 도중 자기 사촌 언니를 태웠어. 그리고 또 한 아가씨를 함께 태워가자고 하더군. 그 아가씨 이름은 로테 S였어. 내가 전에 말한 법관 S 씨의 큰딸이었지. 우리가 탄 마차는 그녀를 태우러 그녀 집으로 향했어.

마차가 수렵관을 향해 숲 속을 지날 때 내 파트너가 나한테 이러더군.

"정말로 아름다운 여자를 곧 만나게 될 거예요."

그러자 그녀의 사촌 언니가 말을 받았어.

"반하지 않도록 정신 차리세요."

내가 그녀에게 장난삼아 물었지.

"왜, 반하면 안 되나요?"

"이미 약혼한 몸이니까요. 약혼자는 아주 훌륭한 남자예요. 그분 아버지가 얼마 전에 돌아가셔서 집안일을 처리하느라 지금은 이곳에 없어요."

나는 그녀의 설명에 별로 관심도 없었고 그저 그러려니 했을 뿐이었어.

우리가 탄 마차는 석양이 지기 바로 직전에 그 집에 도착했지. 대단히 무더운 날씨였어. 여인들은 비바람이 몰려오지나 않을까 걱정하고 있었지. 실제로 저 멀리 지평선에 물기를 머금은 회색 구름이 뭉게뭉게 피어오르는 것 같기도 했어. 모처럼 맞이한 즐거운 일이 허탕이 되지 않을까 다들 걱정하기에 나는 내 엉터리 기상학 지식으로 여자들을 안심시켰지.

마차에서 내리니 하녀가 나와서 로테 아가씨는 곧 나올 거라고 말했어. 나는 마당을 가로질러 집 쪽으로 걸어갔어. 그런데 계단을 올라 현관문에 발을 들여놓는 순간 아주 매혹적인 광경이 눈앞에서 펼쳐지고 있었어.

현관 바로 안쪽 방에 열한 살에서 두 살까지 어린아이들이 한 아가씨를 둘러싸고 있었던 거야. 그녀는 검은 빵을 손에 들고 한 조각씩 잘라 아이들에게 나누어주었어. 빵을 받은 아이들은 인사를 하고는 그녀 곁에서 물러났지.

우리를 보자 그녀가 말했어.

"정말 죄송해요. 이렇게 안까지 들어오게 하고, 기다리게 해서……. 옷을 갈아입고 이런저런 준비를 하다 보니 동생들 저녁 식사 주는 걸 잊고 말았어요. 내가 잘라주지 않으면 빵을 받지를 않아서 꼭 내가 줘야만 해요."

나는 벼락을 맞은 것 같았어. 그녀에게 뭐라고 인사를 했는지도 모를 지경이었지. 나는 그녀의 생김새, 목소리, 태도에 완전히 넋을 잃고 말았어. 그녀가 장갑과 부채를 가지러 안으로 들어갔을 때야 비로소 제정신이 돌아왔어.

밖으로 나가면서 그녀는 열한 살짜리 바로 밑의 동생에게, 아버지가 산책에서 돌아오실 때까지 아이들을 잘 돌보라고 말했어. 그리고 아이들에게는 소피를 자기처럼 생각하고 말을 잘 들으라고 타이르더군. 바로 아래 동생 이름이 소피였던 거야.

우리는 마차에 올랐어. 여자들은 제대로 된 인사를 주고받으며 서로 입고 있는 옷과 모자 이야기를 했어. 그리고 무도회에서 만날 사람들에 대한 이야기도 주고받았지. 이야기 끝에 내 파트너의 사촌이 로테에게 물었어.

"저번에 보낸 책은 다 읽었어요?"

"아니, 별로 마음에 들지 않아요. 바로 돌려드릴게요."

나는 어떤 책이냐고 물었지. 그리고 그 책 제목을 듣고 깜짝 놀랐어.(저자가 억울해하면 안 되니까 편지에서 책 제목을 밝히지는 못하겠어.)

나는 속으로 생각했어.

'당당하게 그 책이 마음에 들지 않는다고 말하다니……. 대단한 성격을 지니고 있군.'

나는 그녀의 얼굴을 바라봤어. 한마디 한마디 할 때마다 영혼의 새로운 매력, 새로운 빛이 얼굴에서 넘쳐흐르는 것 같았어. 그녀는 내가 자신을 이해해주는 걸 알아차리고 기분이 좋은지 흐뭇한 표정을 짓고 있었어.

그녀가 말했어.

"어릴 때는 소설만 좋아했어요. 일요일마다 구석에 처박혀 소설들을 읽었지요. 소설 속 주인공들의 행복이나 불행에 푹 빠지곤 했지요. 하지만 지금은 책 읽을 기회가 별로 없으니 정말 마음에 드는 책만 읽으려 해요. 이제는 우리 집과 비슷한 이야기를 쓰는 작가들이 좋아요. 좀 뭣한 이야기긴 하지만, 우리 집 생활은 천국이라고까지 할 수는 없어도 이루 말할 수 없는 행복의 원천이에요."

나는 그녀의 말에 감동받았어. 그 사실을 감추려고 무진 애를 썼지. 그렇지만 언제까지고 숨길 수는 없었지. 그녀의 입에서 내가 잘 아는 작품 이름이 나오자 나는 정신이 나가서 아는 것을 모조리 지껄였어. 잠시 후에 로테가 여자들에게 말머리를 돌리자 비로소 정신이 돌아와 그녀들을 바라봤어. 마치 자신들이 거기 없다는 듯이 행동하는 내게 놀라 그녀들은 눈을 동그랗게 뜨고 있었어. 심지어 내 파트너의 사촌 언니는 비웃는 표정으로 나를 쳐다보고 있었지. 하지만 그녀들이 어떤 반응을 보이건 내게는 아무 상관 없었어.

화제가 춤에 이르자 로테가 말했어.

"춤에 너무 열중하는 것도 잘못이겠지만, 솔직히 말한다면 춤처럼 좋은 건 없는 것 같아요. 무슨 걱정거리가 생겼을 때 피아노 앞에 앉아 춤곡을 치고 있으면 금방 다 잊어버리거든요."

로테가 입을 열어 말하는 동안 나는 로테의 새까만 눈에 얼마나 정신이 팔렸는지 몰라. 그 싱싱한 입술과 건강한 볼이 온 마음을 사로잡고 말았지. 그녀에게 너무 감동해 그녀가 하는 말이 귀에 들어오지도 않은 적이 한두 번이 아니었어. 자네는 나를 잘 아니까 짐작이 갈 거야.

마차가 무도회장에 도착했을 때 나는 마치 몽유병에 걸린 사람 같은 꼴이 되어 마차에서 내렸어. 두 남자가 마차 앞까지 와서 우리를 맞았어. 내 파트너의 사촌 언니와 로테의 상대가 될 남자들이었지. 그들은 각자 자기 파트너를 차지했고 우리는 함께 위층으로 올라갔어.

우리는 함께 미뉴에트를 추면서 빙글빙글 돌았어. 나는 파트너를 바꾸어가며 춤을 청했지. 로테와 그녀 파트너는 영국 민속춤인 컨트리댄스를 추기 시작했어. 그녀가 우리와 같은 줄에 끼어 함께 원을 돌기 시작했을 때 얼마나 행복했던지!

춤추는 그녀 모습은 정말 대단했어. 그녀는 온 마음과 온 정성을 다해 춤을 추었어. 몸 전체가 완벽한 조화를 이루고 있었지. 아무 근심 걱정 없이 오로지 춤에만 몰두해 있는 것 같았고 눈앞의 모든 게 사라진 것 같았어.

나는 그녀에게 두 번째 컨트리댄스를 신청했지. 그러자 그녀는 세 번째 춤을 함께 추겠다고 약속했어. 그리고 이 세상에서 가장 솔직한 태도로 자신은 왈츠가 가장 좋다고 말하더군. 그녀는 계속 말했어.

"이곳에서는 왈츠를 출 때 자기 파트너랑 추는 게 관례예요. 그런데 내 파트너는 왈츠가 서툴러요. 그 의무를 면제해주면 고맙게 생각할 거예요. 당신 파트너도 왈츠는 못 춰요. 우리 각자 파트너에게 양해를 구하고 함께 왈츠를 춰요."

이렇게 좋을 수가! 나는 그녀 파트너에게, 그녀는 내 파트너에게 양해를 구했어. 그리고 우리가 춤추는 사이 둘이 이야기를 나누고 있으라고 했지.

드디어 춤이 시작되었어. 우리는 흔히 하듯이 우아한 팔 동작을 취한 채 즐겁게 춤을 추었어. 로테의 움직임은 얼마나 경쾌하고 매력적이었는지! 왈츠가 시작되었을 때 서툰 사람들이 많아서 처음에는 뒤죽박죽 혼란이 일었지. 우리는 영리했어. 그들이 그냥 날뛰도록 내버려둔 거야. 그러자 얼마 안 있어 다들 플로어에서 물러나고 우리와 또 한 쌍만 남았어.

내 몸이 그렇게 경쾌하게 움직인 적은 한 번도 없었어. 감히 말하지만 나는 이미 인간이 아니었어. 더없이 사랑스러운 여인을 팔에 안고 번개처럼 날아다니자니 주위 모든 것들이 눈에서 사라져버렸던 거야. 친구, 나는 그때 마음속으로 맹세했어. 이 사랑스러운 여인이 나 말고 다른 남자와는 절대 왈츠를 추지 못하게 하겠다고. 자네는 나를 이해할 수 있지?

이윽고 왈츠가 끝나고 우리는 자리로 와서 앉았어. 잠시 후 세 번째 컨트리댄스가 시작되었지. 나와 로테는 둘째 조였어. 우리는 줄을 따라 춤을 추며 나아갔고 나는 하느님만 아실 만한 기쁨을 느꼈어. 나를 바라보는 그녀의 눈에 기쁨의 빛이 가득했거든.

춤추는 도중에 우리는 한 여자와 스쳐 지나게 되었어. 결코 젊다고는 할 수 없지만 귀여운 얼굴이어서 내 눈길을 끌었던 여자였지. 그녀는 웃는 얼굴로 로테를 쳐다보더니 손가락 하나를 위협하듯 치켜세우더군. 그러더니 우리 곁을 지나가면서 '알베르트'란 이름을 두 번 댔어. 나는 로테에게 알베르트가 누구냐고 물었지. 그녀가 대답하려는 순간, 우리는 커다란 8자 모양을 그리기 위해 멀어져야만 했어. 얼핏 그녀 얼굴이 뭔가 생각에 잠긴 것 같더군.

다시 그녀와 가까워졌을 때 그녀가 내게 손을 내밀며 말했어.

"아주 좋은 사람이지요. 내 약혼자예요."

새로운 사실은 아니었어. 이미 마차 안에서 함께 온 여자들이 말해주었으니까. 하지만 내게는 완전히 새로운 사실이기도 했어. 그녀가 내게 더없이 소중한 존재가 된 그 짧은 순간, 나는 한순간도 그 이름을 그녀와 연관 지어 생각해보지 않았던 거야. 그녀의 말이 꿈속에 있던 나를 깨웠어. 나는 당황했지. 그리고 정신이 없었어. 나는 그만 남의 조에 끼어들었고 금세 모든 것이 엉망이 되었어. 로테가 아주 침착하게 처리를 해주어서 금방 질서가 잡히긴 했지만.

그때 하늘에서 번갯불이 번쩍이더니 뒤따라 천둥소리가 울리기 시작했어. 음악 소리를 완전히 묻어버릴 정도로 심한 천둥이었지. 여자들이 무서움에 질려서 무도회는 그만 끝이 났

「춤 ‖ Ballo」

이탈리아 화가 주세페 피아톨리의 1790년 작품. 그램 아래에는 "흥겨운 춤은 사랑을 일깨우고, 생생한 기쁨으로 희망을 살찌운다"라는 문구가 적혀 있다. 유럽에서 무도회는 공연이 아니라 참여가 목적으로, 이때 추는 춤을 사교춤(social dance)라고 불렀다. 친목을 도모하고 즐기기 위한 춤인 셈이다. 물론 여기에는 일정한 격식이 있었으며, 경연이나 남녀 간의 사귐 같은 요소도 포함되어 있었다. 유럽에서 무도회에 대한 기록은 15세기에 처음으로 나타나는데, 궁중에서 왕실을 중심으로 이루어지다 널리 퍼져나갔다. 16세기 말 궁정의 신하들은, 특히 춤을 통해 끊임없이 자신의 사교술을 입증해야 했다고 한다.

제1부

어. 겁에 질린 여자들은 혼비백산하며 어쩔 줄 몰라 했지. 그때 그 집 안주인이 커튼과 덧문이 있는 방으로 가자고 제안해서 모두 그 의견을 따랐어. 그 방에 들어가자 로테가 의자들을 둥그렇게 늘어놓고 게임을 하자고 제안했어. 우리는 모두 의자에 앉았지. 그러자 로테가 말했어.

"우리 숫자 세기 놀이를 해요. 내가 오른쪽에서 왼쪽으로 돌 테니 순서대로 숫자를 세는 거예요. 번개처럼 빠르게 돌 거예요. 틀린 사람은 뺨을 맞기로 해요. 그런 식으로 천까지 해요."

로테는 한 팔을 뻗고 원을 돌기 시작했어. 사람들은 그녀가 가리키는 대로 '하나' '둘' '셋' 하며 숫자를 세었지. 한 친구가 잘못 세었어. 찰싹! 웃음보를 터뜨리다가 다음 사람도 찰싹! 점점 속도가 빨라졌어. 나도 두 번 따귀를 맞았지. 그녀가 다른 사람보다 훨씬 세게 때린 것 같다는 생각에 나는 너무 기뻤어.

천까지 다 세기 전에 천둥 번개가 그쳤고, 나는 로테를 따라 홀로 돌아왔어. 오는 도중 로테가 말했지.

"노느라 모두 날씨를 잊고 있었네요. 나는 원래 겁쟁이인데 다른 사람들에게 용기를 주려다 보니 나까지 용기가 생겼네요."

나는 가슴만 떨려 왔을 뿐 아무런 대답도 할 수 없었어.

우리는 창가로 다가섰어. 멀리서 천둥소리가 간간이 들리고 있었고 멋진 빗줄기가 조용히 대기를 적시고 있었지. 상큼한 향기가 따스한 공기를 타고 우리 쪽으로 밀려왔어. 그녀는 팔꿈치를 괴고 창에 기대어 있었지. 그녀는 주위를 둘러보고 하늘을 올려보더니 나를 향해 눈을 돌렸어. 그녀의 눈에 눈물이 가득 고여 있었어. 그녀는 내 손 위에 자기 손을 얹고는 "클롭슈토크"라고 말했어. 나는 즉시 그녀가 생각하는 시인의 아름다운 시를 머리에 떠올렸어. 그녀는 그 이름 하나로 자기 마음을 내게 전했던 거야. 나는 그녀가 내게 보여준 감정의 물결에 잠겼어. 더 이상 견딜 수 없었어. 나는 기쁨의 눈물을 흘리며 몸을 굽혀 그녀의 손등에 입을 맞추었어. 그리고 다시 그녀의 눈을 들여다봤어. 위대한 시인 클롭슈토크! 그녀의 눈길 속에 담긴 당신을 향한 존경심을 왜 당신은 보지 못했을까? 당신의 이름은 너무나 자주 더럽혀져 난 두 번 다시 당신 이름을 듣지 못하고 있었는데!

6월 19일

지난번에 어디까지 이야기했는지 모르겠군. 새벽 2시에 잠자리에 들었다는 것만 기억나. 자네가 내 곁에 있었다면 아마 밤새도록 붙들고 떠들어댔겠지.

무도회에서 돌아오는 길에 무슨 일이 있었는지 이야기하지 않았을 거야. 이제 그 이야기를 해주지. 정말 장엄한 해돋이 광경이었어. 이슬 맺힌 숲과 생생하게 기운을 차린 들판 사이로 떠오르는 태양! 함께 마차에 탄 다른 여인들은 꾸벅꾸벅 졸고 있었어. 로테가 내게 눈 좀 붙이라더군. 나는 그녀에게 말했어.

"당신이 그렇게 눈을 뜨고 있는 한 내가 잠들 리 없습니다."

우리는 그렇게 그녀의 집 앞까지 왔어. 하녀가 조용히 문을 열어주었지. 로테가 아버지와 아이들 안부를 묻자, 하녀는 다들 잘 자고 있다고 대답했어. 나는 로테와 헤어지면서 그날 중으로 다시 만날 수 있겠느냐고 물었어. 그녀는 선선히 응낙하더군. 그때부터 해도 달도 별도 내 눈에는 들어오지 않았어. 나를 둘러싼 온 세상이 모두 사라진 것만 같았지.

6월 21일

나는 지금 하느님이 성도들에게 베푸신 것과 같은 행복한 나날을 보내고 있어. 내 인생이 앞으로 어떻게 될지는 모르지만, 인생 최고의 기쁨을 맛보고 있다고 자신 있게 말할 수 있어. 나는 이곳 발하임에 아주 자리를 잡은 셈이야. 여기서 로테가 사는 곳까지는 겨우 2.5킬로미터밖에 안 돼. 나는 삶의 보람을 느끼며 인간에게 주어진 최대의 행복을 누리고 있어.

내가 발하임을 산책지로 정했을 때는 이곳이 이토록 천국에 가까운 줄 미처 몰랐어. 산책할 때 나는, 내 모든 희망이 깃들어 있는 그 수렵관을 때로는 산 위에서, 때로는 강 건너 들판에서 얼마나 자주 바라보곤 하는지!

사랑하는 빌헬름! 나는 인간 내면의 욕망에 대해 깊이 생각해봤어. 인간에게는 더 넓은 곳으로 나가 새로운 것을 발견하고 세상 곳곳을 둘러보고 싶은 욕망이 있지. 그런가 하면 주어진 틀에 순응하며 아무 데도 신경 쓰지 않으려는 경향도 있지.

참으로 놀라운 일이야. 나는 여기 언덕 위에서 아름다운 골짜기를 바라보며 그 풍경에 매혹되었어. 저기 작은 숲 하나! 아, 저 그늘 속으로 들어가봤으면! 또 저쪽 산봉우리! 저 위에서 이 넓은 고장을 한번 굽어봤으면! 사슬처럼 이어진 언덕들과 골짜기들! 저 속으로 들어가 길을 잃어봤으면! 나는 그곳으로 서둘러 가봤어. 하지만 내가 원하던 뭔가를 찾지 못한 채 그냥 돌아오고 말았지.

그래. 우리의 미래라는 것도 그처럼 멀리 있는 거야. 우리의 영혼 앞에는 멀리서 가물대는 광대한 것이 놓여 있지. 우리 감정과 우리 눈은 그것을 보며 몽롱해지지. 아! 우리는 우리 가슴을 무한한 기쁨으로 채우려고 애를 태워. 그러나 막상 그곳으로 달려가면? 그곳이 바로 이곳이 되어버리고 모든 것이 전과 마찬가지가 되어버리지. 우리는 여전히 좁은 곳에 갇혀 있게 되고 영원히 영혼의 갈증을 느끼게 되지.

한곳에 붙어 있지 못하는 방랑자도 결국은 다시 조국을 그리워하게 되고, 보잘것없는 자신의 오두막에서, 아내의 품에서, 자기를 둘러싼 아이들에게서, 처자식을 먹여 살리기 위해 하는 일에서 기쁨을 찾지. 넓은 세상에서 헛되이 찾으려 했던 그 기쁨 말이야.

해가 떠오르는 이른 아침이면 나는 발하임으로 가서 여관 채소밭에서 완두콩을 따. 그리고 완두콩을 까며 호메로스를 읽지. 그런 후 자그마한 부엌으로 가서 직접 냄비를 골라 버터를 넣고 완두콩을 익혀. 그러면서 나는 무한한 기쁨을 느끼지.

자기가 직접 키운 양배추를 식탁에 올릴 수 있는 사람의 소박한 기쁨! 그 기쁨이란, 양배추를 심던 날의 화창하던 아침, 양배추에 물을 주던 평화로운 저녁, 양배추가 자라면서 기뻐했던 날들, 그 모두를 한순간에 누리는 기쁨이 아니고 무엇이겠어!

7월 1일

　　　　　　로테는 병든 사람들에게 정말로 고마운 사람이지. 아무리 아픈 사람도 그녀가 옆에 있으면 위안을 느껴. 로테는 가깝게 지내던 M 부인 집에 가서 이삼일 지낼 예정이야. 그 부인은 임종을 얼마 안 남기고 있는데, 마지막 순간에 로테를 곁에 두고 싶어 한다는 거야. 그 환자의 마음을 충분히 이해하고도 남아. 나 자신이 병상에 누워 있는 그 어떤 환자보다 더 시름시름 앓고 있으니 말이야. 그리고 나를 돌봐줄 사람은 오직 로테뿐이니.

　지난 일을 하나 이야기할게. 지난 주 나는 그녀와 함께 어느 나이 든 목사의 집을 방문했어. 그 집은 이곳에서 남쪽으로 한 시간 정도 떨어진 곳에 있었지. 우리는 오후 4시쯤 그곳에 도착했어. 로테는 둘째 여동생을 데리고 갔지.

두 그루의 큰 호두나무 그늘이 드리워진 목사관 마당에 들어서자 늙은 목사가 문 앞 벤치에 앉아 있더군. 목사는 로테를 보자 단박에 생기가 돌며 반갑게 맞았어. 목사 부인도 따뜻이 맞아주었지. 로테는 목사에게 아버지의 간곡한 안부 인사를 전한 후 지저분하기 짝이 없는 그 집 늦둥이를 안아주었어. 그러더니 늙은 목사가 알아들을 수 있게 큰 소리로 건강이 좋아 보인다는 둥, 온천에 가기로 한 건 잘한 일이라는 둥, 이런저런 이야기를 즐겁게 해주더군. 그녀가 목사에게 딸이 안 보인다며 어디 갔냐고 묻자 남자친구인 슈미트 씨와 함께 목장 일꾼들에게 갔다고 대답하더군.

목사와 로테가 이런저런 이야기를 하고 있는데 목사의 딸과 남자친구가 함께 들어왔어. 딸은 진심으로 로테를 반기더군. 정말 매력적인 여인이었어. 생기발랄한 데다 갈색 머리를 길게 늘어뜨리고 있었어. 이런 시골에서 잠시나마 이야기상대로 삼기에는 적격이었지. 그녀 이름은 프리데리케였어.

우리는 함께 둘러앉아 이야기를 시작했어. 슈미트 씨는 조용한 사람이어서 우리 이야기에는 좀처럼 끼어들지 않더군. 그를 유심히 살펴보니 대단한 옹고집에 우울증에 걸린 사람 처럼 보였어. 그런데 내 짐작이 맞았다는 게 곧 드러났지.

우리 넷은 자리에서 일어나 산책을 나갔어. 나는 로테와 짝이 되어 걷기도 하고 프리데리케와 짝이 되기도 했어. 물론 슈미트 씨와 함께 걷기도 했지. 그런데 내가 프리데리케와 이야기를 나누는 동안 슈미트 씨의 얼굴이 어두워지지 않겠어? 로테가 내 옷소매를 잡아당기며 프리데리케에게 지나치게 정답게 군다고 주의를 줄 정도였어.

나는 그에게 약간 화가 났어. 세상에, 사람끼리 서로 괴롭히는 것처럼 어리석은 짓이 어디 있어! 특히 인생이 활짝 꽃을 피우는 시기에 있는 젊은이들에게는 더없이 어리석은 짓이지. 인생이 제공하는 기쁨을 받아들이기도 벅찬데, 공연히 서로 인상을 써서 그 귀한 날들을 망쳐놓다니! 세월이 흐른 뒤에 자신이 잘못했음을 깨닫고 후회해봤자 소용없는 일이야.

저녁나절에 목사관으로 돌아와 식탁에 앉아 우유를 마시며 세상살이의 기쁨과 괴로움에 대한 이야기를 나누게 되었을 때, 나는 우울증에 대해 공격하지 않을 수 없었어. 물론 슈미트 씨를 염두에 두고 한 이야기였지.

"우리는 살면서 흔히 즐거운 날은 아주 적고 괴로운 날은 많다고 불평하지요. 내 생각에는 틀린 말입니다. 우리는 하느님이 마련해주시는 즐거운 일들을 마음을 열고 받아들여야 해요. 그러면 아무리 어려운 일이 닥쳐도 이겨낼 힘을 가질 수 있어요."

그러자 목사 부인이 대꾸했어.

"그렇지만 우리는 우리 기분을 스스로 다스릴 수가 없어요. 특히 몸이 안 좋을 때는 기분도 저절로 안 좋아지지요."

나는 그녀의 말에 동의한 후 다시 말했어.

"그렇다면 그걸 일종의 병이라고 치죠. 그 병을 고칠 방법은 없나요? 함께 고민해보면 어떨까요?"

그러자 로테가 말했어.

"좋은 생각이에요. 그 이야기를 나누어보지요. 나는 많은 게 우리 마음에 달려 있다고 생각해요. 난 기분이 안 좋으면 정원을 거닐면서 컨트리댄스곡을 몇 곡 불러요. 그러면 거뜬히 기분이 좋아지지요."

내가 맞장구를 쳤지.

"바로 그겁니다. 우울증이란 건 꼭 게으름과 같은 것입니다. 게으름의 일종이라고 할 수 있어요. 우리 인간에게는 천성적으로 그런 기질이 있어요. 하지만 마음으로 그것을 다잡을 힘만 있다면 얼마든지 고칠 수 있어요. 하고자 하는 일이 더 쉽게 이루어질 수 있을 것이고 거기서 기쁨을 얻을 수 있어요."

프리데리케는 귀를 기울인 채 가만히 이야기를 듣고만 있었지. 하지만 슈미트 씨는 인간은 자기 자신을 통제할 수 없으며, 감정도 통제할 수 없다고 이의를 제기하고 나섰어.

나는 좀 열이 받아서 떠들어댔어.

"나는 지금 불쾌한 감정에 대해 말하고 있는 겁니다. 그건 누구나 버리고 싶어 하는 감정 아닌가요? 병 아닌가요? 병이라면 고쳐야지요. 의사에게 물어봐야지요. 아무리 쓴 약이라도 먹어야지요."

목사가 우리 이야기에 끼고 싶어 하는 것 같아서 나는 목사에게로 말머리를 돌렸어.

"목사님, 사악한 짓을 하지 말라는 설교는 들었지만 우울증을 이겨내라는 설교는 한 번도 들은 적이 없는 것 같습니다."

그러자 목사가 재치 있게 대답했어.

"그건 도시의 목사에게나 어울릴 만한 설교지. 시골 농부는 절대로 우울증에 걸리는 법이 없어요. 목사의 마누라나 영지 관리인 같은 사람에게는 필요한 설교일지도 모르겠군."

영지 관리인은 로테의 아버지를 말한 거였어. 아주 친한 사이라서 농담을 한 거지. 목사의 말에 모두들 웃었어.

웃음이 멈추자 슈미트 씨가 다시 말했어.

"당신은 우울증을 고쳐야 할 악덕이라고 말했는데 좀 지나친 것 아닙니까? 그게 어떻게 악덕이라는 거지요?"

난 즉각 받아쳤어.

"지나치다니요? 천만의 말씀입니다. 자신은 물론 이웃에게까지 피해를 주는 게 악덕이 아니고 무엇입니까? 남을 행복하게 해주지는 못할망정 남의 기쁨마저 앗아가요? 우울증에 걸렸으면서 남들의 기쁨을 깨뜨리지 않기 위해 그걸 감출 수 있는 사람이 있으면 한번 나와보라고 해요. 우울증은 마음속 불만의 표현이랍니다. 시기심과 허영심에서 비롯되는 것이지요. 그런 사람들은 남이 행복해하는 걸 두고 보지 못합니다. 자기가 준 행복도 아니면서 빼앗으려 하는 게 악덕이 아닌가요?"

내가 열을 내서 말하자 로테는 내게 미소를 지었어. 프리데리케는 눈물을 글썽일 정도로 내 말에 감동했지. 나는 그녀들의 반응에 힘을 얻어 계속했어.

"다른 사람들의 가슴속에서 우러나오는 소박한 기쁨까지 빼앗는 사람들은 화를 당해도 싸요. 폭군 같은 사람들입니다. 무엇으로도 대신할 수 없는 기쁨을 빼앗다니요!"

그 순간 내 가슴은 벅차올랐어. 지나간 기억들이 가슴에 밀려와 눈물을 흘리기까지 했지. 급기야 나는 소리를 지르고야 말았어.

"우리가 날마다 되새겨야 할 게 있습니다. 우리가 친구들을 위해 해줄 수 있는 건 이 세상에 달리 아무것도 없습니다. 그저 그들의 기쁨을 건드리지 않고 그들과 그 행복을 함께하는 것, 그래서 그들의 행복을 늘려주는 것 외에는요! 친구의 가슴이 뭔가 모를 열정에 시달리고, 근심 걱정으로 갈가리 찢어질 때 당신은 그에게 한 줌의 위안이라도 줄 수 있나요? 꽃다운 인생을 당신이 짓밟아버려, 중병에 걸려 지치고 초췌한 모습으로 침대에 누워 있는 여인이 있다고 칩시다. 그때 침대 앞에 멍청하게 서 있는 일 외에 뭘 할 수 있나요? 아무것도 할 수 없음을 뼈저리게 느낄 뿐이지요."

나는 그 말을 하면서 내가 직접 겪었던 일들을 머리에 떠올리고 있었어. 아, 내 앞에서 죽어가던 그녀! 내 가슴이 송두리째 뒤흔들렸지. 나는 손수건을 꺼내 눈을 가리고 그곳을 빠져나왔어. 정신이 하나도 없었지. 이제 갈 시간이 되었다는 로테의 말을 듣고서야 나는 퍼뜩 정신을 차렸어. 돌아오는 길에 내가 모든 일에 너무 열을 내며 관여한다고 로테가 얼마나 나무라던지! 그러다간 건강을 해친다며 스스로를 잘 돌보라고 했어! 아, 나의 천사! 나는 그대를 위해 살아갈 테야!

7월 6일

　　　　　그녀는 지금 임종을 앞둔 M 부인 집에서 주로 지내. 내가 전에 보낸 편지에서 이야기했지? 그녀가 돌아보는 곳이면 어디든 고통은 줄어들고 행복은 늘어나.

　어제저녁, 그녀는 여동생 마리아넨와 어린 말헨을 데리고 산책을 나갔어. 나는 도중에 만나서 동행했지. 한 시간 반쯤 산책한 후 우리는 다시 마을로 돌아와 샘이 있는 곳으로 갔어. 전에도 내게 소중했지만 이제는 전보다 수천 배는 더 소중해진 그 샘. 로테는 야트막한 돌담 위에 앉았고 우리는 그 앞에 서 있었지. 나는 사방을 둘러봤어. 그러자 내가 그토록 외롭기 짝이 없던 때의 기억이 되살아났어. 나는 말했어.

"사랑스러운 샘아! 그때 이후로 나는 시원한 네 곁에서 쉬지도 않았구나. 서둘러 지나가느라 너를 바라보지도 않은 적이 많았구나."

나는 아래쪽을 내려다봤어. 어느 새 그녀의 어린 동생 말헨이 잔에 물을 받아 올라오는 게 보였지. 나는 로테를 바라봤어. 아, 나는 그녀가 정말로 소중하다는 것을 다시 느꼈어. 말헨이 물잔을 가져오자 마리아넨이 그걸 빼앗으려 했지. 그러자 말헨이 너무나 귀여운 표정으로 소리쳤어.

"안 돼. 로테 언니가 먼저 마셔야 해."

그 천사 같은 마음씨에 감동받아 나는 그 애를 안아 올리고 마구 키스를 퍼부었어. 그러자 말헨이 갑자기 울기 시작하는 거야. 로테가 가볍게 나를 책망하더니 그 애 손을 잡고 계단을 내려갔어.

"자, 깨끗한 물로 어서 얼굴을 씻어. 그러면 아무 일도 없을 거야."

아이는 로테가 이제 됐다고 하는 데도 열심히 뺨을 문질렀어. 그 샘물이 모든 지저분한 것을 씻어준다고, 얼굴에 보기 흉한 수염이 돋는 걸 막아준다고 믿는 것 같았지.

빌헬름, 진심으로 말하지만 그 어떤 세례식도 그토록 경건한 마음으로 바라본 적이 없었어. 로테가 다시 위로 올라왔을 때, 나는 한 민족 전체의 죄를 씻어준 위대한 예언자 앞에서 무릎 꿇듯이 로테 앞에 무릎 꿇고 싶었어.

그날 저녁 나는 기쁨에 들떠 그 이야기를 내가 알고 지내던 어떤 사람에게 해주지 않을 수 없었어. 분별력이 있고 인정미도 있는 사람이라고 믿고 있었기에 그가 내 기분을 이해해주리라 믿었던 거지.

하지만 그의 반응이라니! 그는 로테가 잘못했다는 거야. 어린아이들에게 그런 그릇된 믿음을 심어주면 안 된다는 거야. 그냥 샘물일 뿐인데 무슨 마법의 샘이라도 되는 것처럼 잘못 알게 해서는 안 된다는 거야. 그래서 수많은 미신이 생기는 거라나 어쩐다나! 어린아이들이 잘못되지 않도록 보호해주어야 한다나 어쩐다나!

그 말을 들으니 그가 일주일 전에 어떤 대자(代子)에게 세례를 주고 대부(代父)가 되었다는 사실이 떠올랐어. 그래서 더 이상 아무 말도 하지 않았지. 그리고 내 마음속에 다음과 같은 말을 새겨두었을 뿐이야.

'우리는 하느님이 우리를 대하듯이 어린아이들을 대해야 한다. 하느님이 우리를 가장 행복하게 하실 때는 우리가 그냥 행복한 꿈속에서 춤추도록 내버려두실 때다.'

7월 8일

아, 나는 얼마나 어린아이인지! 인간은 단 한 번의 눈길에 얼마나 굶주려 있는 걸까! 그래, 인간은 정말 어린아이에 지나지 않아.

발하임에 다녀왔어. 여자들은 마차를 타고 갔지. 그녀의 눈동자 속에서! 아, 나는 정말 바보야. 하지만 용서해줘. 자네도 그 눈동자를 볼 수만 있다면!

지금 졸려서 두 눈이 다 감기려 하니 횡설수설은 그만두고 간추려 말할게. 여자들이 마차에 오르자 그 마차를 둘러싸고 젊은 W와 젤슈타트, 아우드란과 나는 마차 주위에 서 있었어. 모두 쾌활한 성격의 소유자들이었지. 여자들은 마차 문을 사이에 두고 우리와 잡담을 나누었어. 나는 로테의 눈을 찾았지. 그런데 그녀의 눈, 그 눈은 그저 이 사람 저 사람 옮겨 다니고 있을 뿐이었어. 한 번도 나를 쳐다보지 않았어. 오로지 그녀만 바라보고 있는 내 눈, 내 그 눈을 향해서는 눈길 한 번 주지 않았어. 나는 마음속으로 천 번도 더 그녀를 향해 안녕이라고 말했어. 그러나 그녀는 나를 쳐다보지 않았어.

마차는 내 곁을 지나갔고 내 눈에는 눈물이 고였어. 나는 떠나가는 그녀 쪽을 바라봤지. 그러자 로테의 머리 장식이 보였어. 마차 문 쪽에 머리를 기대는 것 같았지. 그녀는 뭔가를 찾는 듯 몸을 돌렸어. 아, 나를 보기 위해서였을까?

사랑하는 친구! 나는 이렇게 아무런 확신도 할 수 없는 세상을 떠돌고 있어. '어쩌면 그녀가 나를 보려고 몸을 돌렸을지도 몰라'라고 생각하며 겨우 위안을 얻는 그런 세상!

잘 자게. 아, 나는 정말 얼마나 어린아이인가!

7월 11일

로테가 돌보는 M 부인은 몹시 안 좋은 상태야. 나는 로테를 그녀의 집에서 가끔 보지. 그런데 그 부인이 오늘 내게 꽤 별난 이야기를 하나 해주었어. 바로 자신과 남편 이야기였지.

M 부인의 남편 M 노인은 엄청난 구두쇠였어. 평생 동안 그녀를 엄청 괴롭혔고 생활비도 쥐꼬리만큼 주었다는 거야. 그래도 부인은 그럭저럭 살림을 꾸려나갔다는군.

며칠 전 의사가 더 이상 가망이 없다고 말하자 그녀는 남편을 불러 다음과 같은 말을 했다는 거야. 그때 마침 로테가 곁에 있었다고 하더군.

"당신에게 고백할 게 있어요. 내가 죽은 후에 시끄러운 일이 생길까 봐 말하는 거예요. 나는 지금까지 될 수 있는 한 검소하게 이 집 살림살이를 맡아왔어요. 하지만 지난 30년 동안 당신을 속여온 걸 용서해줘요. 당신은 결혼 초기에 생활비를 아주 적게 주었어요. 살림이 커지고 장사 규모도 커졌지만 당신은 언제나 똑같은 돈을 주며 일주일을 생활하라고 했어요. 나는 아무 군소리 없이 그 돈을 받았어요. 나는 모자라는 금액을 우리 장사 수입에서 빼돌려 충당해왔어요. 설마 가정주부가 집안 금고를 축내리라고는 아무도 생각 못 했겠지요. 천당에 가려고 고백하는 게 아니에요. 나는 조금도 낭비를 하지 않았으니 이런 고백을 하지 않아도 편안히 천당으로 갈 수 있을 거예요. 다만 내가 죽은 후 이 집 살림살이를 맡을 여자를 생각해서 고백하는 거예요. 당신이 그 여자에게 뭐라고 하겠어요? 당신 전처는 그 돈만으로도 집안 살림을 잘 꾸려왔다고 할 거 아니에요?"

제대로 살림을 꾸려나가려면 적어도 자기가 준 돈의 두 배가 들게 빤한데도 M 노인은 어떻게 전혀 의심을 하지 않았을까! 그 배후에 무슨 비밀이 있는지 이상하지도 않았을까? 돌아오는 길에 나는 인간이 도대체 어디까지 멍청할 수 있는지에 대해 로테와 이야기를 나누었어. 자기 집에는 언제고 끊임없이 보물이 솟아나는 예언자의 기름 단지가 있다고 믿는 인간들이 이 세상에는 얼마나 많은지!

7월 13일

　　그래, 결코 내가 잘못 생각한 것이 아니야! 그녀의 검은 눈을 보면 나와 나의 운명에 대해 그녀가 얼마나 큰 관심을 가지고 있는지 읽을 수 있어. 그래, 나는 느껴. 나는 내 마음을 믿을 수 있어. 그녀는, (아, 내 마음속 천국을 이렇게 표현해도 될까? 아니, 천국을 이런 말로 표현할 수 있을까?) 그녀는 나를 사랑하고 있어!

　　그녀는 나를 사랑하고 있다! 그래, 그러자 내 자신이 더없이 소중해졌어. 자네는 이 말을 알아줄 사람이라서 하는 말이야. 그녀가 나를 사랑하게 된 후로 나는 내 자신을 숭배하게 되었어. 내가 나를 존경한단 말이야.

이건 과대망상일까? 아니면 실제로 그런 걸까? 로테가 혹 다른 사람을 마음에 담고 있지 않을까 하는 두려움이 내게는 전혀 없어. 하지만 그녀가 자기 약혼자에 대해 말할 때면, 그에 대해 다정함과 사랑을 내비칠 때면, 그가 내 모든 명예와 품격을 빼앗은 사람, 내 유일한 무기를 강탈한 사람 같다는 기분이 드는 건 어쩔 수 없어.

7월 16일

　　내 손가락이 그녀의 손가락을 건드리거나 식탁 밑에서 우리의 발이 우연히 부딪히면, 아, 내 핏줄 속으로 전기가 지나가는 것 같아. 불에라도 덴 듯 내 손과 발을 얼른 뒤로 빼지만 마치 신비스러운 힘에 이끌리듯 다시 앞으로 내밀어. 그러면 마치 온 감각이 마비되는 것 같지! 그런데 그녀의 영혼은 너무나 순수해서 그런 사소한 친밀감이 나를 얼마나 괴롭히는지를 몰라.

　　그녀가 이야기를 나누면서 자기 손을 내 손 위에 얹거나, 내게 몸을 바싹 대고 정신없이 떠들다가 순결한 그 숨결이 내 입술에 닿기라도 하면, 나는 벼락이라도 맞은 듯이 쓰러질 것만 같아져. 그리고 빌헬름! 내가 만일 이 천상의 여인을, 이렇게 순결한 여인을 내 품에……. 아, 자네 내 뜻을 알겠지?

아니야! 내 마음은 그렇게 타락하지 않았어. 단지 좀 약해졌을 뿐이지. 아니, 약해지다니! 그게 바로 타락이잖아!

그녀는 내게 신성한 존재야. 그녀 앞에서는 모든 욕망이 잠들어버려. 그녀와 함께 있노라면 나 자신도 내 기분을 전혀 알 수가 없어. 마치 내 영혼이 신경 속을 거꾸로 도는 것 같은 기분이랄까?

그녀가 좋아하는 멜로디가 있어. 아주 소박하고 단순한 곡이야. 그녀는 마치 천사의 힘을 빌린 듯 피아노를 연주하지. 그녀가 그 곡의 첫 소절만 쳐도 나는 모든 고통과 혼란, 망상에서 벗어나.

음악이 지닌 매력에 대한 온갖 옛이야기들은 하나도 그른 게 없어. 그 단순한 노래로 나를 사로잡는 것을 봐. 게다가 그녀는 언제 그 노래를 쳐야 하는지도 정확히 알아. 내가 내 머리에 총알이라도 한 방 먹이고 싶을 때, 바로 그때 꼭 연주를 하거든. 그러면 내 영혼의 어둠과 혼란은 사라지고 나는 전보다 더 자유롭게 숨 쉴 수 있게 돼.

「피아노 치는 소녀들 Jeunes Filles au piano」

프랑스 화가 르누아르의 1892년경 작품. 서양의 건반악기는 고대 그리스 시대에 이미 존재했다. 이후 14세기에 발명된 클라비코드, 15세기에 발명된 하프시코드(쳄발로)가 널리 보급되었지만, 둘 다 소리가 작아서 실내 연주용으로만 쓰였다. 그러다 1709년 이탈리아의 하프시코드 제작자 바르톨로메오 크리스토포리가 '피아노포르테'라는 악기를 만들었다. 이것이 최초의 피아노로, 현을 해머로 쳐서 소리를 내는 방식이 현재의 피아노와 같았으며, 이로써 야외 연주와 합주가 가능해졌다. 이후 18세기 괴테와 동시대인들인 헨델과 바흐, 모차르트의 시대를 거쳐 1790~1860년 사이 개량을 거듭하여 현대적인 피아노로 발전했다.

7월 18일

　　친구, 사랑이 없는 세상이란 도대체 무슨 의미가 있을까? 불빛 없는 램프와 같은 것 아닐까? 램프 안에 불빛을 넣어야 비로소 찬란한 영상이 흰 벽 위에 비치잖아? 그것이 비록 스쳐 지나가는 환영에 지나지 않는다 하더라도, 어린아이들처럼 그 앞에서 황홀해한다면 우리는 행복해지지 않겠어?

　오늘은 로테에게 가지 못했어. 피치 못할 모임이 내 발목을 잡았지. 대신 젊은 하인을 그녀 집으로 보냈어. 오늘 하루 동안 나를 대신해 그녀 곁에서 지낸 사람을 내 곁에 두고 싶어서였어. 나는 애태우며 그가 돌아오기를 기다렸어. 정말 큰 기뻠으로 그를 맞이했어. 체면만 아니라면 하인의 머리를 붙잡고 키스라도 퍼붓고 싶은 심정이었어.

그는 마치 내게 형광석과 같았어. 형광석을 햇빛 속에 오래 놓아두면 햇빛을 흡수하여 밤에 빛을 발한다지? 내게는 그 젊은 하인이 꼭 형광석이었어. 로테의 눈길이 그의 얼굴과 뺨, 옷 구석구석에 머물렀다고 생각하니 모든 게 너무 성스럽고 소중했어.

그 순간 누가 천금을 준다고 해도 그 젊은 친구를 내주지 않았을 거야. 그를 앞에 두고 있자니 너무 행복했어. 내가 정상이 아니라고 비웃지 말아줘. 빌헬름, 우리를 행복하게 해주는데 그걸 어떻게 환영이라고 할 수 있겠어?

7월 19일

"오늘 그녀를 만난다!"

눈을 뜨면 나는 태양을 바라보며 기쁨에 들떠 외치곤 해.

"오늘 그녀를 만난다!"

그러면 하루 종일 다른 소망은 없어져. 모든 것이, 정말 모든 것이 오로지 이 한 가지 희망 속으로 접혀 들어가…….

7월 20일

그 공사(公使)와 함께 그곳으로 가라는 자네의 제안에 동의할 수 없어. 나는 누군가에게 예속되는 걸 좋아하지 않아. 게다가 그는 별로 호감이 가는 사람이 아니라는 걸 자네도 잘 알지? 자네 말로는 우리 어머니께서 내가 일자리 얻기를 바라신다는 건데, 그 말을 들으니 웃음이 나와. 지금 나도 일을 하고 있잖아? 내가 강낭콩을 세나 완두콩을 세나, 뭐 그리 큰 차이겠어? 인간사는 결국 끝판에 가면 다 마찬가지야. 자신의 정열, 자신의 욕구에서 우러나오지도 않으면서, 남이 바란다고 돈이나 명예 따위를 얻기 위해 뼈 빠지게 일하는 사람들! 그런 사람들이야말로 바보천치 아닐까?

7월 24일

　　　　　　　그림 그리는 일을 게을리하지 말라는 충고 고마워. 하지만 그동안 그려놓은 게 별로 없다고 말하느니 그냥 입을 다물고 싶군.

7월 26일

　　　　　그녀를 너무 자주 만나지 않겠다고
벌써 여러 번 마음속으로 다짐했어. 하지만 그런 결심을 누가
지킬 수 있겠어? 매일 유혹에 굴복한 후, 스스로에게 '내일은
가지 말자'고 단단히 다짐을 하지. 그러나 다음 날 아침이 되
면 나는 또다시 그럴듯한 이유를 내세우며 어느새 그녀 곁에
가 있어.

　전날 그녀가 "내일도 오실 거죠?"라고 말했는데 어떻게 뿌
리치겠어!

　그녀가 부탁한 일을 어떻게 남을 통해 전해! 내가 직접 말
해주어야지!

이도저도 아니면 날씨가 좋다는 핑계로 발하임으로 산책을 가는 거야. 거기서 로테 집까지는 불과 30분 거리야. 그곳에 도착하면 나는 그녀의 숨결이 느껴지는 분위기 속에 이미 들어간 셈이야. 그리고 눈 깜빡할 사이 나는 이미 그녀 곁에 가 있는 거야.

예전에 우리 할머니께서 자석으로 이루어진 산에 관한 동화를 들려주신 적이 있어. 배들이 그 산 가까이 가면 배에 있는 모든 쇠붙이가 뽑혀나가는 거야. 못들은 모두 산으로 날아가고 배에 타고 있던 불쌍한 사람들은 무너져내리는 널빤지에 깔려 죽는다는 이야기지.

7월 30일

알베르트가 왔어. 나는 떠날 거야. 그는 더없이 훌륭하고 고상한 사람이야. 어느 면으로 보나 내가 그보다 못하다는 걸 인정할 마음의 준비가 되어 있어. 하지만 그런 완벽한 모습을 내 눈으로 직접 확인한다는 건 참을 수 없는 일이야.

그가 그녀를 차지하고 있어! 그래, 빌헬름, 그녀의 약혼자가 왔어! 누구나 좋아하지 않을 수 없는 점잖고 다정한 남자야. 로테가 그 사람을 맞이하는 자리에 내가 없었던 게 정말 다행이었어. 그 자리에 있었다면 내 가슴은 찢어지고 말았을 거야.

그는 정말 점잖은 사람이야. 내가 있는 자리에서는 로테에게 키스를 하지 않았으니 말이야. 여자를 존중하는 그의 모습에 나도 그를 좋아하지 않을 수 없어. 그 역시 나를 좋게 생각하는 것 같아. 하지만 스스로 우러나서라기보다는 로테가 그렇게 만든 것 같아. 여자들이 그런 일에 섬세하게 신경 쓰는 데는 이유가 있어. 자기를 사랑하는 남자들끼리 사이좋게 지내야 얻는 게 많거든. 하긴 그런 경우가 드문 것도 사실이지만.

어쨌든 나는 알베르트를 존경하지 않을 수 없어. 그는 정말 침착한 사람이야. 내 불안한 성격과는 뚜렷이 대비가 되지. 그는 감정도 풍부하고 로테가 자신에게 얼마나 소중한지도 알고 있어.

그는 나를 분별력 있는 사람으로 생각하고 있어. 로테를 향한 내 사모의 눈길도 물론 눈치채고 있지. 그 때문에 그의 승리감은 더 커지고 그런 만큼 로테를 더 사랑해. 그가 자그마한 질투심을 느끼고 로테를 괴롭히는지는 알 수 없어. 어쨌든 내가 그의 처지라도 질투라는 악마의 손길로부터 자유롭지 못하리라 말할 수 있어.

어찌 되었건 로테와 함께 있으면서 누릴 수 있는 기쁨은 사라졌어. 나는 그녀에 대해 주제넘은 생각을 해서는 안 된다는

제1부

걸 알고 있었고, 실제로 그런 생각은 하지도 않았어. 하지만 그토록 사랑스러운 사람을 보고 어떻게 아무런 욕심이 없었겠어? 그런데 이제 올 사람이 왔어. 그가 그녀를 빼앗아가도 나는 눈을 멀뚱하니 뜨고 지켜볼 도리밖에 없어!

나는 이를 갈며 내 처량한 신세를 비웃지. 누군가 내게 "도리가 없잖아? 단념하는 편이 나아"라고 말한다면 나는 두 배, 세 배 욕을 퍼부어주겠어. 그런 허수아비 같은 친구들은 제발 내 곁에서 없애줘.

나는 숲 속을 이리저리 헤집고 다니다가 로테가 알베르트와 정원 정자에 다정하게 함께 앉아 있는 것을 보고, 그들에게 다가가 온갖 바보짓을 하며 쾌활한 척 너스레를 떨었어.

오늘 로테가 내게 말하더군.

"제발, 부탁이에요. 어제저녁 같은 행동은 보이지 마요. 당신이 그렇게 우스꽝스러운 모습을 보이면 왠지 겁이 나요."

우리끼리 하는 말인데, 나는 알베르트가 일 때문에 바쁜 틈을 늘 노리고 있어. 그가 외출하고 로테가 혼자 있는 걸 보면 내 마음이 편해.

8월 12일

알베르트는 분명 이 세상에서 가장 훌륭한 사람이야. 어제 나는 그런 사람과 대판 말싸움을 했어. 사실은 그에게 작별 인사를 하려고 찾아갔던 거지. 갑자기 산으로 가서 며칠 보내고 싶다는 생각이 났거든. 지금 바로 그 산속에서 글을 쓰고 있어.

그의 방을 서성이는데 권총들이 눈에 띄더군. 내가 말했지.

"권총 좀 빌릴 수 있을까요? 여행할 때 필요할 것 같아서요."

그러자 그가 대답했어.

"그렇게 해요. 하지만 총알은 직접 장전해야 할 겁니다. 저 것들은 그냥 장식용이니까."

나는 그중 한 자루를 집어 내렸어. 그러자 그가 말했지.

"조심한다는 게 오히려 실수가 되어버린 적이 있어서 나는 저것들을 손대지 않아요."

무슨 이야기인지 궁금해서 물어봤어.

"시골에 사는 친구 집에 석 달가량 머문 적이 있었어요. 총 알을 넣지는 않았지만 권총 두 자루가 있어서 마음 편히 잠잘 수 있었지요. 그런데 어느 비 오는 날 오후 한가롭게 앉아 있다가 갑자기 이런 생각이 드는 거예요. '이 집에 강도가 들면 어쩌지? 그러면 권총이 필요할지도 몰라.'

그래서 하인에게 권총 두 자루를 주면서 청소를 하고 장전을 해놓으라고 했지요. 그런데 그 하인이 하녀들을 데리고 장난을 친 거예요. 아마 그냥 놀려주려고 했던 모양인데, 그만 청소용 쇠꼬챙이가 꽂혀 있는 상황에서 총이 발사된 거예요. 그 쇠꼬챙이가 날아가 한 하녀의 오른손을 맞혔고 손가락이 박살났지요. 하녀가 울고불고 큰 소동이 났지요. 치료비도 물어주어야 했고.

난 그 뒤로 총이란 총은 절대로 장전해놓지 않아요. 사실 조심한다는 게 별 의미가 없다는 걸 잘 알아요. 위험이란 게 어디 대비한다고 찾아오지 않나요? 하지만……."

자네도 이제 알겠지만 나는 알베르트를 아주 좋아해. 그놈의 '하지만'만 빼놓고.

세상사 다 예외가 있다는 건 당연한 일 아냐? 그런데 그는 너무 용의주도해. 자신이 뭔가 경솔한 말이나 확실하지 않은 말을 했다고 생각하면 끊임없이 그 말을 고치고 다듬어서 나중에 아무 핵심 없는 이야기로 만들어버린단 말이야. 이번에도 아주 긴 설교를 하더군. 나는 그의 말을 듣지 않고 공상에 빠졌어. 그러다 갑자기 발작적으로 내 오른쪽 이마에 권총 총구를 갔다 댔지.

알베르트가 이게 무슨 짓이냐며 권총을 빼앗았어.

내가 말했지.

"총알이 없잖아요."

그러자 그가 나를 비난했어.

"아무리 그래도 그렇지. 나는 얼마나 어리석은 사람이면 스스로 목숨을 끊을까, 상상도 못 할 지경이에요. 그런 생각을 떠올리기만 해도 불쾌합니다."

나는 큰 소리로 그에게 말했어.

"당신 같은 인간들은 누가 무슨 행동을 하면 언제나 그건 바보짓이다, 그건 잘한 짓이다! 그건 옳다, 그건 나쁘다! 이런 식으로 말해야 속이 편하지요? 그게 다 뭡니까? 속사정은 하나도 모르면서 그저 겉만 보고 판단하지요."

"하지만 그 동기야 어찌되었건 죄악이 될 수밖에 없는 행동이 있다는 건 인정해야 할걸요."

나는 고개를 끄덕이며 일단 그의 말에 수긍했어. 하지만 곧 어깨를 으쓱하며 말했지.

"거기에도 예외가 있을 수 있단 말입니다. 도둑질은 분명 죄악이지요. 하지만 가족이 당장 굶어죽을 판에 빵을 훔친 사람은 동정을 받아야 하나요, 벌을 받아야 하나요? 부정을 저지른 아내와 정부를 화가 나서 처단한 남편에게 누가 앞장서서 돌멩이를 던질 수 있을까요? 너무나 황홀한 사랑의 기쁨에 빠져 자기 자신을 잃고 사랑을 나눈 처녀에게 돌을 던질 수 있을까요? 우리의 법조차 그런 경우 벌주기를 망설일걸요."

그러자 그가 다시 반박했어.

"그건 경우가 다르지요. 격정에 휩쓸려 판단력을 잃은 사람은 술에 취한 사람이나 미친 사람과 마찬가지니까요."

나는 입가에 미소를 띠며 소리쳤어.

"아, 그래요? 정말 똑똑하기 그지없는 당신들! 열정, 도취, 광기! 이런 것들과 당신들은 팔짱을 낀 채 거리를 두고 서 있지요. 당신네 도덕군자들은 술주정뱅이를 욕하고 미친 사람을 경멸하지요. 나도 술에 취해 본 적이 한두 번이 아닙니다. 내가 지닌 격정은 광기에 가깝지요. 하지만 난 그 둘 다 후회해 본 적이 없어요. 위대한 사람들, 불가능한 것을 이루어낸 사람들은 대개 미친놈 취급을 받았던 걸 알기 때문이지요. 나는 뭔가 예기치 않은 일을 하는 사람, 비범한 사람 등 뒤에서 '저 인간은 바보야, 술주정뱅이야'라며 손가락질하는 사람들을 도저히 참아낼 수 없습니다. 창피한 줄 알아야 해요, 당신네 똑똑한 사람들은!"

알베르트도 지고 있지 않았어.

"그것 역시 당신 망상에서 나온 거지요. 당신은 모든 걸 과장하고 있어요. 자살을 위대한 행동과 비교하다니. 자살은 나약함의 표현에 지나지 않아요. 고통스럽더라도 꿋꿋이 견뎌내는 것보다 자살하는 게 더 쉽고 편하니까 자살하는 거지요."

나는 논쟁을 그만두려했지. 하지만 도저히 참을 수 없어 다시 말했어.

"그걸 나약함이라고 부르다니요! 제발 겉모습만 보고 판단하지 마요. 폭군의 압제 아래 시달리던 민중이 마침내 궐기해서 사슬을 끊어도 미친 짓인가요? 자기 집이 불타는 걸 보고 평소에 낼 수 없던 힘을 발휘해 무거운 물건을 가볍게 들어 올리는 사람을 정상이 아니라고 말할 건가요? 너무나 큰 모욕을 당한 후 분노가 치밀어 대여섯 명을 한꺼번에 때려눕힌 사람을 미친 사람이라고 말할 건가요? 뭔가에 몰입해서 불가능하다고 생각되던 일을 해내는 사람을 이상한 사람 취급할 건가요?"

그러자 알베르트가 말했어.

"그런 경우도 있겠지요. 하지만 당신이 들고 있는 예는 우리 토론 주제와는 상관없는 것들 아닌가요?"

"그럴지도 모르죠. 내가 상관없는 것들을 터무니없게 연결시킨다고들 하겠지요. 다시 자살로 돌아갈까요? 즐거운 생의 짐을 벗어버리려고 결심한 사람, 그 사람의 마음을 이해할 수 있는 방법을 한번 찾아보죠. 인간의 본성에는 한계가 있어요. 기쁨, 번뇌, 고통을 어느 정도 견디다가 도가 넘어서면 폭발하고 말지요. 사람이 약하고 강하고는 문제가 아니에요. 그 고통의 한도를 견디느냐 아니냐의 문제인 거지요. 못 견디면 죽는 기지요. 심한 병에 걸린 사람과 같아요. 병에 걸려 죽은 사람을 우리가 겁쟁이라고 부를 수 있나요? 스스로 목숨을 끊은 사람도 마찬가지예요."

그러자 언제나 침착한 태도를 잃지 않고 있던 알베르트가 소리쳤어.

"터무니없는 궤변이에요, 궤변! 어떻게 그런 비유를!"

나는 침착하게 응수했지.

"그렇게 터무니없는 궤변이 아니랍니다. 질병의 공격을 받아 무슨 수를 써도 거기에서 벗어날 수 없을 때 우리는 죽음에 이르는 병에 걸렸다고 말하지요. 자, 알베르트, 그걸 정신에 대입해보죠.

생각이 깊은 사람이 있다고 쳐요. 실은 온갖 생각의 굴레에 갇혀 있는 사람이지요. 어느 날 그에게 숨어 있던 열정이 폭발합니다. 그는 결코 침착할 수 없습니다. 자신이 파멸하리라는 걸 알고도 그 열정에 온몸을 내맡기지요. 사실 그건 파멸이 아니라 절정입니다. 가장 의미 있는 삶을 경험한 절정의 순간!

차분하고 분별력 있는 사람은 절대 그 상황을 파악할 수 없습니다. 그런 것에 빠져본 경험이 없기 때문이지요. 그에게 이른바 분별력 있는 조언을 해준들 아무 소용없습니다. 건강한 사람의 숨결이 죽어가는 환자에게 아무 소용없는 것과 마찬가지죠.

진정으로 사랑하던 남자에게 버림받은 여자의 절망을 그런 사람들은 이해 못 해요. 그 절망 한가운데에서 기꺼이 자기 목숨을 버린 여자를 두고 분별 있는 사람들은 이렇게 말하겠지요. '바보 같은 여자! 세월이 흘러가면 절망감도 가라앉고 자기를 위로해줄 다른 남자가 나타날 텐데.' 또는 이렇게 말할지도 모르지요. '사랑의 열병에 걸려 죽다니 참 바보군! 기다리다 보면 기운도 되찾고 다른 즐거운 일을 찾을 수 있을 텐데'라고요."

내 비유를 제대로 이해하지 못한 알베르트는 다시 반박했어. 하지만 그 이야기는 더 이상 하지 않겠어. 나는 더는 말을 잇지 못한 채 모자를 집어 들었지. 내 가슴은 터질 것만 같았어. 우리는 그렇게 서로를 이해하지 못한 채 헤어졌지. 이 세상에 남을 이해하는 것보다 더 어려운 일이 있을까?

8월 18일

　　　　　아, 정녕 이럴 수밖에 없는 걸까? 인간 행복의 원천이 곧 불행의 근원이 될 수도 있다니! 이전까지 내 주변은 천국이었어. 자연을 향한 내 열린 마음이 뜨거운 뭔가로 가득 채워져 이 세계를 온갖 기쁨으로 물들이곤 했지. 난 이제까지 그 천국 속에서 행복했었어. 그런데 이제는 그 모든 것이 나를 괴롭히는 박해자가 되었어. 고통을 주는 악마가 되어 끊임없이 나를 따라다녀.

　이전에 나는 내 주변의 모든 것들을 너무나 열정적으로 가슴속에 받아들였지! 바위산에서 바라보는 골짜기들과 그 골짜기에서 싹트고 자라나는 만물들을! 키 큰 나무들이 빽빽이

들어선 숲들과 갈대밭 사이를 미끄러지듯 흐르는 냇물을! 부드러운 저녁 바람이 하늘에 띄워놓은 사랑스러운 구름과 그 구름이 냇물에 비친 모습을, 숲에 생기를 불어넣은 새들의 노랫소리를! 붉은 저녁 햇살 속에서 신나게 춤추는 수백만 마리의 모기떼를, 내가 서 있는 바위 위의 이끼들을, 모래언덕을 따라 자란 잡초들을, 그 작은 것들에서 찾을 수 있는 성스러운 생명의 환희를! 그때 나는 넘치는 풍요 속에서 내가 신이 된 듯한 느낌마저 들었어.

나는 근원을 알 수 없는 모든 힘들이 저 깊은 곳에서 서로 뒤엉켜 위대한 창조 작업을 하고 있는 것을 봤어. 인간들은 조그만 집에 모여 안전하게 둥지를 틀고 살면서 자기들이 광활한 세계를 지배하고 있다고 믿지. 불쌍하기 그지없는 바보들! 온 세상 구석구석을 돌아보며 기뻐하는 창조주의 정신은 알아볼 줄도 모르는 천치들! 그 모든 것에 스며 있는 창조주의 입김은 느끼지도 못하는 어리석은 자들!

아, 그 시절에 나는 얼마나 자주 내 머리 위를 날아가는 새처럼 저 먼 대양까지 날아가고 싶어 했는지! 그곳에서 무한하신 하느님의 잔에 담긴 생명의 기쁨을 얼마나 마시고 싶어 했는지! 온 마음을 다해 단 한순간이라도 그분의 축복, 모든 만물을 만들어내시는 그분이 이 세상에 존재한다는 그 축복을 단 한 방울이라도 맛볼 수 있기를 얼마나 원했는지! 하지만 지금은?

친구, 그래도 그 시절의 기억이 내게 행복감을 줘. 말로는 표현하기 힘든 그때 그 느낌, 그것을 다시 생각하며 이렇게 말하는 것만으로도 나는 기분이 좋아져. 그리고 내가 지금 얼마나 불안한 상태에 있는지 알게 해줘.

지금의 내 기분? 마치 내 영혼 앞에 쳐져 있던 장막 하나가 걷힌 것 같아. 그 축복받은 삶의 장막 뒤에 숨어 있던 어두운 무덤이 모습을 드러낸 것 같아. 자네, 자네 눈에 보이는 것에 대해 "이건 여기 있다"라고 확실하게 말할 수 있어? 모든 건 그냥 스쳐 지나갈 뿐이야. 아무리 버티려 해도 순간적으로 무너져내리는 그 모든 것! 그것을 정말 존재한다고 말할 수 있어?

친구, 오해하지 마. 나는 이 세상에서 늘 일어나는 커다란 재앙에 대해 이야기하고 있는 게 아니야. 홍수나 태풍, 지진에 대해 이야기하고 있는 게 아니야. 지금 나를 괴롭게 하는 것은 저 찬란한 자연, 바로 그 자연 속에 숨어 있는 파멸의 힘이야. 아, 창조주께서는 자기 자신과 이웃을 파멸에 빠뜨리지 않는 건 하나도 만드시지 않았어! 내가 이 천지 만물 앞에서 불안하게 비틀거리는 건 그 때문이야. 지금 내 눈앞에는 영원히 모든 것을 집어삼키고 그것들을 되새김질하는 괴물만이 보일 뿐이야.

8월 21일

친구, 아침이 되어 우울한 꿈에서 깨어나면 나는 그녀를 향해 헛되이 팔을 뻗어봐. 그리고 밤이 되면 그녀와 함께 있다는 행복한 꿈, 하지만 헛되기만 한 그런 꿈을 꿔. 꿈속에서 그녀는 나와 함께 풀밭에 앉아 있어. 꿈속에서 나는 그녀의 손을 잡고 그 손에 수없이 입을 맞춰. 아직 잠이 덜 깬 상태에서 그녀를 찾아 손을 더듬다가 정신이 돌아오면, 아, 짓눌린 내 가슴속에 눈물이 터져 나와. 그리고 내 어두운 미래를 생각하며 눈물을 흘려.

8월 22일

친구, 나는 정말 비참해. 내가, 게으름을 그렇게 비난하던 내가, 바로 거기에 푹 빠져버렸어. 한가하게 있지도 못하고 그렇다고 뭔가 하지도 못하는 그런 상태야. 이제 나는 상상력도 없고 자연을 봐도 아무런 느낌이 없으며 책은 나를 구역질나게 할 뿐이야. 자기 자신을 잃는 순간 우리는 모든 것을 잃는 셈이지. 지금의 내가 바로 그런 상태야.

자네에게만 하는 고백이지만 가끔은 내가 차라리 일용직 노동자였으면 좋겠다는 생각을 해. 아침에 일어나 그냥 그날 하루만 생각하면서 살 수 있다면……. 종종 알베르트가 부러워. 그가 로테의 약혼자라서 하는 말이 아니야. 서류 더미에

파묻혀 열심히 일하는 그의 모습을 보며 내가 저 자리에 있으면 좋겠다는 생각을 하는 거야.

그런 생각이 들 때면 나는 자네와 장관에게 편지를 쓰려고도 했어. 공사관에 자리를 알아보려고 말이야. 장관은 나를 아껴주니까 내 부탁을 거절하지 않으리라고 생각했지. 방금 편지를 쓰려던 참이기도 했어. 하지만 그만두었어. 이런 우화가 생각났기 때문이지. 평생 굴레를 쓰고 살다가 정작 자유롭게 해주니까 다시 굴레를 씌워달라고 떼를 쓴 말의 우화!

친구! 어찌할 바를 모르겠어. 환경을 바꾸어보고 싶다는 생각도 그만큼 내가 초조하다는 사실을 보여주는 것이 아닐까?

8월 28일

만일 내 병이 나을 수 있다면 그 병을
고쳐줄 사람들은 너무 빤해. 오늘은 내 생일인데 이른 아침에
알베르트로부터 작은 소포를 하나 받았어. 상자를 열자 분홍
색 리본이 금방 눈에 띄더군. 내가 로테를 처음 봤을 때 그녀
의 윗옷에 달려 있던 거였어. 나는 그녀에게 그 리본을 내게
줄 수 없냐고 몇 번 부탁했었지. 그 리본과 함께 작은 책이 하
나 들어 있더군. 베트슈타인 판 호메로스였어. 전부터 내가 정
말 갖고 싶었던 책이지. 지금 내가 갖고 있는 호메로스는 크
기가 너무 커서 산책 길에 낑낑대며 들고 다녔거든.

　자, 봐. 그들은 미리부터 내 마음을 읽고 있다가 작은 선물

로 자기네 우정을 보여준 거야. 이런 선물이 어마어마한 선물보다 천배는 더 소중한 법이지. 호사스러운 선물은 허영심이나 보여줄 뿐 받는 이를 굴욕스럽게 하거든.

나는 그 리본에 수천 번도 더 키스를 했어. 그리고 이제는 돌아올 수 없는 지난 며칠간의 행복을 다시 맛봤어. 빌헬름, 인생의 꽃은 환상일 뿐이야. 얼마나 많은 꽃들이 흔적도 없이 사라지는지! 그중 얼마나 적은 수만이 열매를 맺는지! 그 열매들 중 얼마나 적은 수만이 제대로 무르익는지! 그렇게 익은 열매는 소중한 거야. 그런 열매를 그냥 무시하고 맛도 보지 않은 채 썩혀버리는 짓을 어떻게 할 수 있겠어!

잘 있게. 아름다운 여름이야. 나는 로테의 정원에 있는 배나무에 올라가 긴 장대로 배를 따. 로테는 나무 밑에 서 있다가 내가 떨어뜨리는 배들을 받아.

8월 30일

아, 비참한 인간! 넌 정말 바보야! 왜 너 자신을 속이는 거지? 이렇게 거칠게 날뛰는 내 마음속 격정! 도대체 어쩌자는 걸까!

내 기도는 이제 오로지 그녀만을 향해. 내 상상 속에는 오로지 그녀 모습만 보일 뿐이야. 이 세상 모든 것을 그녀와 연관 지어서 봐. 그러면 얼마간은 행복하게 지낼 수 있거든.

하지만 결국 나는 그녀에게서 벗어나야 해. 내 마음이 그러라고 재촉해. 두 시간이고 세 시간이고 그녀 옆에 앉아 그녀의 자태, 천사 같은 그녀의 말투에 빠져 있다 보면 갈수록 감각이 고조되어 눈앞이 침침해지고 귀도 잘 안 들려. 그러고는 마치 누군가가 내 목을 조르는 것처럼 느껴져. 심장은 더 요란하게 뛰고 숨을 돌리려 해도 혼란만 커질 뿐이야.

빌헬름, 내가 지금 이 세상에 존재하고 있는 건지조차 모르겠어. 아, 로테의 손에 얼굴을 묻고 내 답답한 가슴을 풀 수 있게 해준다면! 그런 마음이 들 때면 밖으로 나가야만 해. 나는 들판을 이리저리 헤매. 가파른 산에 기어오르고, 숲 속을 정신 없이 돌아다녀. 덤불에 스쳐 상처를 입거나 가시에 살갗을 찔리는 게 내 기쁨이야. 그러다 보면 기분이 조금, 아주 조금이지만, 좋아져. 그러다 피곤과 갈증에 지쳐 땅바닥에 누워 하늘의 보름달을 바라보기도 하지. 그러다 새벽이 되면 그대로 편안하게 잠에 빠져들기도 해.

아, 빌헬름. 은자의 쓸쓸한 독방, 거친 털옷과 가시 허리띠를 내 영혼이 간절히 원하고 있어. 이렇게 비참한 나, 나의 종착역은 무덤밖에 없어.

9월 3일

　　　　　　　나는 떠나야 해, 빌헬름. 흔들리는 내
마음에 갈피를 잡아준 게 바로 자네야. 이제 그녀 곁을 떠나
리라 굳게 결심했어. 나는 떠나야 해. 그녀는 다시 그 아픈 부
인을 돌보러 가 있어. 그리고 알베르트는……. 아무튼 나는
떠나야 해.

9월 10일

정말로 대단한 밤이었어. 빌헬름, 이제는 그 무엇도 이겨낼 수 있어. 나는 그녀를 다시는 보지 않을 거야. 자네가 곁에 있다면 끌어안고 눈물 흘리며 내 마음속 격정을 털어놓았을 거야. 나는 지금 숨을 헐떡이며 마음을 진정시키려 애쓰고 있어. 아침이 되어 나를 싣고 갈 마차가 오기만을 기다리고 있지.

그녀는 편히 잠들어 있어. 나를 다시 보지 못하리라는 걸 모르고 있지. 나는 그녀를 뿌리치고 나왔어. 그녀와 두 시간씩이나 대화를 하면서도, 마음 굳게 먹고 내 계획을 입 밖에 내지 않았어. 오, 하느님, 그녀와 나눈 그 대화!

알베르트는 저녁을 끝내자 로테와 함께 정원으로 나갔어. 거기서 나를 기다리겠다고 했지. 나는 밤나무 아래 테라스에 서서 그 정겨운 계곡, 고요히 흐르는 강, 그리고 저 너머 해가 지는 광경을 마지막으로 바라봤어. 그것들을 바라보며 내가 진정 행복했던 순간들과 고통에 젖었던 순간들을 다시 떠올렸어. 로테와 만났던 순간의 기쁨, 그녀를 사랑하기에 겪게 된 고통, 이런 것들을 다시 생각하며 그 모든 것들을 바라봤어.

그렇게 한 삼십 분 정도가 흘렀어. 그때 그들이 테라스로 올라오는 소리가 들렸어. 나는 그들에게 달려갔어. 떨리는 손길로 로테의 손을 잡고 입을 맞추었어. 우리는 이런저런 이야기를 나누며 어둑한 정자에 이르렀지. 어느새 밤이 찾아오고 있었어. 로테는 정자 안으로 들어가 앉았고 알베르트도 그 옆에 앉았어. 나도 자리를 잡고 앉았지만 마음이 불안해서 가만히 있지 못했어. 자리에서 일어나 그녀 앞을 서성이다가 다시 내 자리로 오곤 했지.

멋진 달빛이었어. 너도밤나무 위에서 우리 앞쪽 테라스를 비추고 있었지. 주위가 깊은 어둠에 잠겨 있어서 황홀한 달빛이 더욱 도드라졌어. 우리는 그 멋진 풍경을 감상하며 잠자코 있었어. 잠시 후 그녀가 이야기를 꺼냈지.

"달빛 속을 거닐다 보면 내가 알았던 분들, 지금은 돌아가신 분들 생각이 늘 나요. 달빛 속에서는 언제나 죽음, 내세, 이런 게 떠올라요. 내세라는 게 있겠지요?"

그녀는 뭔가에 들떠 이야기를 계속했어.

"베르테르, 우리는 저세상에서 다시 만나게 될까요? 우리 서로를 알아볼 수 있을까요? 어떻게 생각해요? 말해봐요."

나는 그녀에게 손을 내밀며 말했어. 내 눈에는 눈물이 가득 고여 있었지.

"우리는 다시 만나게 될 거예요. 이승에서건 저승에서건 다시 만날 겁니다!"

빌헬름, 나는 더 이상 말을 잇지 못했어. 하필 지금, 그녀와 쓰라린 이별을 굳게 결심하고 있는 지금, 그녀가 그 이야기를 했을까?

그녀가 계속 말했어.

"돌아가신 분들은 우리가 어떻게 지내고 있는지 잘 알까요? 우리가 그들을 잊지 않고 여전히 사랑하고 있다는 걸 알까요? 아! 우리 어머니 모습은 언제나 내 곁에서 맴돌고 있어

요. 예전에 어머니 곁에 모여들 듯이 아이들이 내 곁에 모여
들 때면 더 그래요. 그러면 나는 그리움에 하늘을 올려다보며
소원을 빌지요. 어머니가 잠시라도 내려다보시라고 말이에요.
내가 어머니와 한 약속을 지키고 있는지 보시라고 말이에요.
나는 아이들의 엄마가 되어주겠다고 했거든요. 제대로 약속을
지키고 있는지는 모르지만 내가 할 수 있는 일은 다 하고 있
어요. 우리가 화목하게 잘사는 모습을 어머니가 보셨으면 좋
겠어요."

아, 빌헬름, 그녀의 말을 이렇게밖에 전하지 못하는 게 안타
까워. 이렇게 차가운 문자가 어떻게 그녀의 성스러운 정신의
꽃봉오리를 전할 수 있겠어!

알베르트가 점잖게 그녀의 말을 막았어.

"사랑하는 로테, 자꾸 그러면 몸에 안 좋아요. 당신이 그런
생각을 자주 한다는 걸 나는 잘 알아요, 하지만……."

그러자 그녀가 다시 말했지.

"아, 알베르트, 그때 저녁들을 잊지 않았겠지요? 아버지는
출장 중일 때 말이에요. 아이들을 다 재운 후 우리 단둘이 작
고 둥근 식탁에 앉아 있곤 하던 그날들 말이에요. 당신은 좋은

책을 가져오곤 했지만 우리는 거의 읽지 않았지요. 고상한 영혼과 함께 있다는 것! 그것이 책에서 얻는 것보다 훨씬 좋다는 걸 당신도 나도 알고 있었던 거지요.

아름답고 얌전하고 명랑하셨던 어머니! 언제나 바쁘셨던 어머니! 그 어머니의 영혼과 언제나 함께하고 싶어요. 나는 잠자리에서 언제나 눈물 흘리며 어머니와 똑같은 사람으로 만들어 달라고 기도하지요. 하느님은 제 기도의 뜻을 아실 거예요."

나는 감동받아 그녀의 발치에 무릎 꿇은 채 그녀의 손을 잡고 하염없이 눈물을 흘리며 말했어.

"하느님의 은총과 당신 어머니의 영혼이 당신 머리 위에 함께하실 겁니다!"

그러자 그녀가 내 손목을 잡으며 말했어.

"당신이 우리 어머니를 알았다면! 우리 어머니는 당신이 알면 좋았을 그런 분이셨어요. 우리 어머니는 당신이 알 말한 자격이 있어요."

나는 숨이 막힐 지경이었어. 내 평생 어떻게 그 이상 훌륭하고 자랑스러운 찬사를 들을 수 있겠어! 그녀는 계속 말을 이어갔어.

"우리 어머니는 아직 한창일 때 돌아가셨어요. 막내가 태어난 지 겨우 육 개월 되었을 때였지요. 병도 오래 앓지 않으셨어요. 어머니는 차분하게 모든 걸 운명에 맡기셨어요. 아이들만 마음에 걸리셨을 뿐이지요. 어머니는 내게 아이들을 불러 오라고 말씀하셨어요. 아이들은 영문도 모르는 채 침대 주위에 빙 둘러섰어요. 어머니는 아이들 머리 위로 기도를 하시고는 하나하나 키스를 하신 후 아이들을 내보내셨어요. 그리고 내게 말씀하셨어요.

'네가 저 아이들의 엄마가 되어다오.'

나는 어머니에게 손을 내밀었어요. 어머니는 계속 말씀하셨지요.

'얘야, 너는 아주 힘든 약속을 하는 거란다. 엄마의 마음과 엄마의 눈을 가져다오. 네 형제자매를 엄마처럼 잘 돌봐주고 네 아버지를 아내와 같은 마음으로 받들도록 해라.'

아버지는 고통을 견딜 수 없어 집 밖으로 나가고 안 계셨어요. 알베르트, 당신은 그때 그 방에 있었지요. 어머니는 당신을 곁으로 오라고 불렀지요. 어머니는 당신과 나를 번갈아 바라보셨지요. 안도하는 듯한 평온한 얼굴을 하고 계셨어요. 우리가 함께 행복할 거라는 걸 아시는 것 같았어요."

그러자 알베르트는 그녀의 목을 끌어안고 키스하며 큰 소리로 외쳤어.

"우린 행복해요. 앞으로도 영원히 행복할 거요!"

알베르트는 완전히 평상시의 자제력을 잃고 있었어. 나도 어찌할 바를 모르는 채 정신이 하나도 없었지.

그녀는 자리에서 일어났어. 나는 너무 감동받아 그녀의 손을 잡은 채로 그 자리에 앉아 있었지.

"이제 갈 시간이에요."

이윽고 그녀가 말했어. 그리고 내게서 손을 빼내려 했어. 나는 더욱 세게 움켜쥐면서 그녀에게 큰 소리로 말했어.

"우리는 다시 볼 겁니다. 다시 만날 거예요. 아무리 많은 사람들 사이에서도 서로를 알아볼 겁니다. 나는 갈 겁니다. 하지만 영원히 헤어진다고 생각하면 견딜 수가 없어요. 잘 있어요, 로테. 잘 있어요, 알베르트"

그러자 그녀가 명랑하게 말했어.

"내일이요, 그럴 거지요?"

아, 그 내일이라는 말에 내 심정은 어땠을까! 그녀는 내 손에서 자기 손을 빼낼 때도 아무것도 몰랐던 거야.

그들은 가로수 길 쪽으로 걸어갔고 나는 그 자리에 서서 달빛에 비친 그들의 뒷모습을 바라봤어. 그러다가 바닥에 몸을 내던지고 실컷 울었어. 나는 다시 벌떡 일어나 테라스 위로 달려 올라갔어. 키 큰 보리수나무 그늘 아래로 그녀의 흰옷이 은빛으로 반짝이며 정원 문을 향하는 모습을 봤지. 나는 양팔을 활짝 벌렸어. 하지만 그녀의 모습은 이미 사라지고 없었어.

제 2 부

1771년 10월 20일

우리는 어제 이곳에 도착했어. 공사는 기분이 안 좋다며 며칠 바깥출입을 않겠다고 하더군. 그 양반만 그렇게 삐딱하게 나오지 않았어도 아무 문제가 없을 텐데.

아무리 봐도 운명이 나를 가혹한 시험에 들게 하는 것만 같아. 그래도 기운을 내야지. 마음을 가볍게 먹기만 하면 모든 걸 견뎌낼 수 있을 거야.

마음을 가볍게 먹는다고? 아, 그런 말이 내 펜 끝에서 나오다니! 참 우스꽝스럽지 않아? 내가 조금만 더 가벼운 기질을 지니고 태어났더라도 이 세상에서 가장 행복한 사람이 되었을지 몰라. 내 꼴이 이게 뭐야! 다른 사람들은 보잘것없는 재능을 가지고도 저렇게 뽐내며 잘 살고 있는데, 왜 나는 내 재능과 역량에 대해 절망해야 하지?

내게 모든 것을 선사해주신 선하신 하느님. 당신은 왜 그 절반을 거두어가시고, 대신에 자신감과 만족감을 선사해주지 않으셨나요?

참아라! 참아라! 그러면 좋아질 거다!

사랑하는 친구, 자네에게 털어놓는데, 자네 말이 옳았어. 날마다 사람들 사이를 떠밀려 다니며 그들이 하는 꼴을 보고 있자니 이제는 내 자신에 대해 훨씬 좋은 기분을 느끼게 되었어. 우리 인간이란 언제나 자신을 남과 비교하게끔 만들어졌지. 우리의 행복과 불행도 그렇게 상대적이야. 그렇게 보면 세상에 고독만큼 위험한 것도 없지. 혼자 있으면 남들은 다 나보다 낫고 완벽하다고 상상하게 되어 있어. 우리에게는 많은 것이 결여되어 있고 남들은 그걸 다 갖고 있다고 상상하기 쉽지. 그리고 우리가 지니고 있는 것까지 남에게 주어버리지. 그래서 완벽하게 행복한 사람의 모습을 그리지. 실은 우리 자신이 만들어낸 환상일 뿐인데…….

우리에게 아무리 약점이 많고 또 아무리 힘든 일이 닥친다 하더라도 그냥 눈 감은 채 앞으로 나아간다면, 비록 갈지자 느린 걸음이라도 훌륭한 돛과 노를 갖춘 사람보다 더 많이 전진할 수 있다는 것을 알게 돼. 그래서 남들과 나란히 하거나 앞서게 되면 비로소 자신만의 자존심을 갖게 되는 거지.

11월 26일

　　이만하면 이곳에서 그럭저럭 지낼 수 있을 것 같아. 가장 마음에 드는 건, 이곳에 일거리가 얼마든지 있다는 거야. 게다가 각양각색의 사람들이 내 영혼에 다채로운 연극을 보여줘.

　나는 C 백작이라는 분을 알게 되었어. 알면 알수록 존경하지 않을 수 없는 인물이지. 학식도 풍부하고 판단력도 대단해. 게다가 식견도 넓은 데다 마음씨까지 따뜻한 분이야. 우정이나 애정에 대한 감각도 대단히 뛰어나다는 걸 나날이 새롭게 알게 돼. 그분이 먼저 내게 관심을 보였어. 일 때문에 처음 만났는데, 내 말 몇 마디를 듣고서 마음이 통한다는 것을 그분이

안 거지. 그분이 나에게 얼마나 솔직하게 대해주었는지 말로
는 다 표현할 수가 없어. 자신에게 마음을 열어 보여주는 위대
한 영혼을 만난다는 것, 그보다 더 참된 기쁨이 어디 있겠어!

12월 24일

공사라는 사람은 정말로 짜증나는 인물이야. 짐작했던 대로야. 그저 격식만 찾는, 이 세상에서 둘도 없는 바보야. 모든 걸 규정대로 처리해야 하고 꼭 시어머니처럼 잔소리를 해대. 자기 자신에 대해 만족할 줄 모르는 인간이니 고맙다는 인사 따위는 찾아볼 수가 없지. 제대로 작성한 문건에 대해서도 꼭 시비를 걸어. 더 적절한 표현을 찾으라나 뭐라나! 속이 뒤집힐 일이지. '그리고' '그래서' 따위 접속사를 절대로 빼놓지 말라는 거야.

그나마 C 백작이 나를 신뢰해주어서 그럭저럭 견뎌. 최근에 백작이 공사의 일처리에 대해 내게 솔직하게 털어놓더군.

"너무 느리고 쓸데없는 일에 꼼꼼해. 자기뿐 아니라 다른 사람들도 힘들게 하지. 하지만 그 정도는 산을 넘어가는 나그네처럼 참아야 해. 물론 산이 가로막지 않고 있으면 일이 훨씬 쉽고 빠르겠지. 하지만 산이 있다면야 넘어가는 수밖에 더 있겠나?"

그 공사 노인네도 백작이 자기보다 나를 더 좋아한다는 것을 알게 된 모양이야. 그게 못마땅한지 내 앞에서 기회만 있으면 백작 험담을 늘어놓아. 내가 가만히 있겠나? 당연히 응수를 하지. 백작은 인격으로 보나 학식으로 보나 사람들의 존경을 받을 만한 분이라고 대답해줘. 하지만 나는 쓸데없는 말싸움을 즐기는 사람이 아니란 걸 자네도 잘 알지? 더욱이 그런 사람하고 티격태격하다가는 내 기분만 나빠질 뿐이지. 나는 기회를 봐서 슬그머니 자리를 떠.

솔직히 말해 이건 모두 자네들 잘못이야. 자네들이 나를 이런 구렁텅이에 몰아넣은 거지. 내가 이런 멍에를 쓰게 만든 거지. 무릇 사람은 바쁘게 살아야 한다고 자네들은 수없이 말하지? 옥수수와 감자를 키워 장에 내다 파는 사람들이 나보다 훨씬 낫다는 걸 자네도 인정해야 해. 만일 그게 사실이 아니라

면, 사슬에 묶인 이 노예선 같은 곳에서 십 년 이상 뼈 빠지게
일할 수 있어.

이곳에서는 누구나 곁눈질로 남의 눈치만 보지. 겉만 번지
르르할 뿐 속은 비참하고 지루할 뿐이야. 쓸데없는 자랑이나
늘어놓는 사람들. 자기가 귀족 출신이라거나 자기 집안이 좋
다는 걸 자랑하는 어리석은 친구들. 그게 뭐라고 그렇게 대단
하게 자랑하는지, 정말 자기가 바보라는 사실을 만천하에 보
여주는 셈이지. 그놈의 신분 의식이 도대체 뭐야!

그래도 즐거운 일은 있어. 얼마 전에 산책길에서 B 양을 알
게 되었어. 이런 갑갑한 곳에서도 천성을 잘 유지하고 있는 상
냥한 여자였어. 대화를 나누다 보니 마음이 통하더군. 헤어질
때 나는 그녀의 집으로 찾아가도 되냐고 물었어. 아무 거리낌
없이 내 청을 들어주더군. 나는 바로 그녀의 집을 찾아갔지.

그녀는 이곳 출신이 아니었어. 그녀의 아주머니뻘 되는 나
이 든 여자와 함께 살고 있었지. 그 여자 인상이 별로 좋지 않
았어. 이런저런 이야기하다가 그 여자 사정을 다 알게 되었지
만 그 이야기를 시시콜콜히 늘어놓지는 않겠어. 그 여자는 오
십 줄에 들어선 홀몸이고 상냥한 조카딸을 유일한 위안으로

제2부

125

삼아 살아가고 있다는 사실만 말해줄게.

아무튼 이 지겨운 곳에서 B 양 같은 여자와 알고 지내게 된 건 행운이야.

1772년 1월 20일

　　　　　사랑하는 로테, 무서운 폭풍우를 피해 잠시 은신처로 삼은 이 초라한 시골 여관에서 당신에게 편지를 쓰게 되었네요. 비참한 구렁 같은 D 시에서 낯선 이방인들 틈에서 시달릴 때는 당신에게 펜을 들 여유가 없었습니다. 우박이 마구 창문을 두드리는 이 쓸쓸하고 조그만 오두막에 들어오니 가장 먼저 생각난 것이 당신이었습니다. 이곳에 들어서는 순간, 당신의 자태와 당신에 대한 기억이 내 눈앞에 떠올랐습니다. 아, 로테, 너무나 성스럽고 너무나 따뜻한 그대! 아, 행복했던 그 순간이 지금도 떠오릅니다.

　사랑하는 당신, 이렇게 하찮은 일들에 휩쓸려 있는 내 모습을 당신이 본다면! 내 감각은 온통 메말라버렸습니다. 단 한순간도 마음속 충만함을 느낄 수 없고 축복의 시간도 없습니다. 그래요, 정말 없어요! 나는 요지경 속을 들여다보고 있는 것만 같습니다. 이곳 사람들과 아무 생각 없이 지내다가 문득 깜짝 놀랍니다. 내가 바로 그 요지경 속으로 들어간 것 같은 기분이 드는 거지요.

밤이 되면 다음 날 해돋이를 봐야지 마음먹고 침대에 들어갑니다. 하지만 막상 아침이 되면 침대에서 빠져나오기 싫어집니다. 낮 동안에는 밤이 되면 잔잔한 달빛을 보리라고 다짐하지만, 저녁에는 또 그냥 방 안에 머물러 있지요. 내가 왜 잠자리에서 일어나는 건지, 왜 잠자리에 드는 건지 도무지 알 수가 없습니다.

내 삶의 동력이었던 효모가 이제 내게는 없습니다. 깊은 밤에는 날 깨어 있게 하고, 아침마다 나를 깨웠던 그 매력이 이제 모두 사라진 것입니다.

이곳에서 나는 한 여자를 찾아냈습니다. B라는 아가씨인데 만일 누군가 당신을 닮을 수 있다면 그 아가씨가 바로 그런 사람입니다. 그녀는 아주 대단한 영혼을 지녔어요. 그녀의 푸른 눈이 그것을 증명해주지요. 그녀는 세상 소음에서 벗어나고 싶어 한답니다. 우리는 시골에서 순수한 행복을 맛보며 사는 삶에 대해 이야기를 나누지요.

아, 우리는 당신 이야기도 한답니다. 그녀는 당신을 칭송하지 않을 수 없게 되었답니다. 저절로 그렇게 된 거지요. 그녀는 내가 당신 이야기를 하는 것을 좋아하고 당신을 사랑한답니다.

아, 사랑스럽고 정겨운 작은 방에서 당신 발치에 누워 있을 수 있다면 얼마나 좋을까요? 우리의 아이들이 우리 주위에서 신나게 뛰어놀고요. 아이들이 너무 시끄럽게 굴면 내가 아이들을 불러모아 무서운 이야기를 해주지요. 그러면 아이들은 조용해지겠지요.

흰 눈으로 반짝이는 풍경 너머로 해가 장엄하게 지고 있습니다. 거친 폭우도 지나갔어요. 나는 다시 돌아가 내 새장 속에 스스로를 가두어야 합니다. 잘 있어요. 알베르트는 당신과 함께 있나요? 어떻게 지내는지요? 이런 질문을 하다니! 하늘이시여, 용서해주십시오!

2월 17일

　　사랑하는 친구, 공사와의 관계는 더 이상 오래 가지 않을 것 같은 느낌이 들어. 그 인간을 너무 견딜 수 없어. 그가 시키는 일마다 이의를 제기하지 않을 수가 없어. 순전히 내 판단으로 일을 처리하는 경우도 많아.

　　그 사람이 그걸 그냥 두고 볼 리가 없지. 궁정에 가서 나에 대한 불평을 늘어놓았어. 장관이 내게 가벼운 견책을 했지. 아무리 가볍더라도 견책은 견책이야. 실은 나도 사직서를 준비하고 있던 참에 장관에게서 편지를 받은 거야. 그 내용은 밝히지 않겠어. 다만 정말로 고귀하고 현명한 정신을 오랜만에 느끼게 한 편지였어. 그는 나의 근면함, 타인에 대한 영향력, 꼼

꼼한 일 처리에 대해 칭찬해주었어. 하지만 나의 지나치게 예민한 감수성, 너무나 극단적인 완벽주의에 대해서는 경계를 했지. 요컨대 내 장점들을 없애려 하지 말고 좀 더 부드럽게 완화해서 제대로 발휘될 수 있는 방향으로 가라고 충고했어.

　장관의 편지를 받고 나는 원기를 되찾았고 마음의 평정을 얻었어. 세상에 마음의 평정과 마음의 기쁨만 한 게 어디 있어! 이처럼 아름답고 귀중한 보석들이 그렇게 쉽게 깨지다니! 정말 안타까운 일 아냐?

2월 20일

　　　　　사랑하는 친구들, 하느님께서 당신들
에게 축복을 내리시기를! 그분이 내게서 앗아간 행복을 당신
들에게 내려주시기를!

　알베르트, 당신에게 고마워해야 할 것 같군요. 나를 속여주
어서요. 나는 당신들 결혼식이 언제 열릴까 이제나저제나 하
고 있었지요. 그러면 그날 내가 그려서 벽에 걸어놓은 로테의
스케치를 떼어내 다른 종이들 틈에 섞어놓을 생각을 하고 있
었지요.

　그런데 당신들은 이미 결혼식을 올렸군요. 그녀의 초상화
는 아직 벽에 걸려 있어요. 그대로 놓아둘 생각입니다. 나 역

시 당신들과 함께 있는 거지요. 나는 당신에게 아무 피해도 입히지 않으면서 로테의 가슴속에 있을 수 있어요. 나는 그녀의 가슴속 두 번째 자리를 차지하고 있고 앞으로도 계속 그럴 겁니다. 또 그래야만 해요. 아, 혹시라도 로테가 나를 잊는다면 나는 미쳐버리고 말 겁니다. 알베르트, 이 생각만으로도 나는 지옥에 떨어진 기분이 듭니다. 알베르트, 잘 있어요! 잘 있어요, 하늘의 천사, 로테!

「비밀 편지 The Secret Message」

프랑스 화가 프랑수아 부셰의 1767년 작품. 편지는 고대 수메르, 이집트, 인도, 로마, 그리스, 중국 등 오랜 옛날부터 존재했다. 17~18세기에 편지는 독학(獨學)을 하는 데 사용되었다. 자기표현 글쓰기나 비판적 읽기, 논쟁적 글쓰기, 의견 교환 훈련에 좋은 수단이었다. 그래서 어떤 시대에는 편지 쓰기가 문학의 한 형태 또는 한 장르가 되었다. 이것을 서간문학(書簡文學, epistolary literature)이라고 하는데, 『젊은 베르테르의 슬픔』은 대표적인 서간문학 작품이다.

젊은 베르테르의 슬픔

3월 15일

최근에 겪은 불쾌한 일 때문이라도 나는 더 이상 이곳에 머물 수가 없을 것 같아. 나는 이를 바득바득 갈고 있어. 도대체 이럴 수가! 이건 모두 자네들 탓이야. 자네들은 내가 생각도 없는 자리에 취직하라고 나를 부추기고 괴롭혔어. 자네는 내 극단적인 성격이 일을 망쳐놓았다고 생각하겠지? 절대 그렇지 않아. 지금부터 아주 평범한 이야기를 자네에게 해주겠어.

C 백작이 나를 각별히 아낀다는 이야기는 이미 해주었지? 어제 그분 집에서 저녁 식사를 함께했어. 그런데 바로 그날 저녁은 상류계급 신사 숙녀들이 그 집에서 정기적으로 파티를

여는 날이었어. 나는 그런 모임이 있는 줄은 까맣게 모르고 있었고 나 같은 하급 공무원은 그런 자리에 끼어서는 안 된다는 사실도 모르고 있었어.

백작과 저녁 식사를 한 후 함께 큰 홀을 거닐며 이런저런 이야기를 나누었지. 그사이에 B 대령이 왔고 우리는 함께 이야기를 나누었어. 그러는 동안 파티 시각이 점점 더 다가오고 있었지. 나는 정말로 아무것도 모르고 있었어. 백작이 아무 소리 안 했으니까.

사람들이 나타나기 시작했어. 나는 좀 어색해서 자리를 뜨려 했어. 그런데 그때 나의 B 양이 들어서는 게 아니겠어? 그녀는 나를 보고 놀란 것 같았어. 내가 가서 말을 걸자 평소와는 달리 조금 어정쩡한 태도를 취하더군. 그녀는 언제나 솔직하고 명랑했는데 전혀 다른 사람 같았어. 나는 그녀도 별 수 없이 귀족 속물이라고 생각했지. 정말 기분이 상해 그 자리를 박차고 나오고 싶었지만 남아 있었어. 그녀가 그런 태도를 보였다는 게 믿기 어려웠기 때문이야. 그녀에게 사과받고 싶은 심산도 있었지.

여러 사람이 모이자 나는 안면이 있는 이들과 건성으로 짧게 이야기를 나누었어. 그들도 아주 짧게 대꾸하더군. 나는 B 양에게 집중해 있는 통에 아무것도 눈치채지 못했어. 실은 나 모르는 사이에 그들이 나를 보고 쑥덕거리더니 백작에게 가서 뭔가 이야기를 한 거지.

백작이 내게 다가오더니 나를 창가로 데려가더니 난처한 표정으로 말하더군.

"참, 이런 말도 안 되는 경우가 있나. 사람들이 자네가 여기 있는 걸 싫어한다는군. 나는 추호도 그런 마음이 없는데……."

내가 그의 말을 가로막고 얼른 대답했어.

"백작님, 제가 눈치가 없었습니다. 용서해주시기 바랍니다. 사실 아까부터 자리를 뜨려 했는데 사악한 악마가 발목을 잡아서 그만……."

나는 웃는 얼굴로 고개를 숙여 인사했어. 백작은 내 손을 덥석 잡았어. 그의 손이 많은 걸 말해주고 있었지.

나는 귀족들의 파티를 슬그머니 빠져나와 이륜마차를 타고 M이라는 곳으로 갔어. 그곳에서 호메로스를 읽었지. 오디세우스가 돼지치기한테 훌륭한 대접을 받는 멋진 대목을 읽으

제2부

137

면서 기분 좋게 지냈어. 일이 거기서 끝났다면 내가 이렇게까지 불쾌하지는 않았을 거야.

나는 그곳에서 하루를 보낸 후 다음 날 저녁에 다시 마을로 돌아왔어. 저녁을 먹으려고 식당에 들어갔는데 웬일인지 다들 나를 흘끔흘끔 바라보며 속삭이는 것 같았어. 그런데 평소 알고 지내던 친구 한 명이 내게 다가와 말하더군.

"안 좋은 일을 당했다면서?"

"누가? 내가?"

"백작이 자네를 파티에서 내쫓았다면서?"

"아이고, 그런 파티 따위 내가 질색이야. 그냥 바람 쐬러 나온 거야."

"그렇게 별것 아닌 일로 생각한다니 다행이군. 하지만 나는 자네 친구라서 불쾌해. 벌써 온 마을에 소문이 다 퍼졌어."

그러자 새삼스럽게 은근히 화가 나기 시작했어. 사람들이 모두 나를 쳐다보며 그 일을 이야기하는 것 같았어. 나는 속이 부글부글 끓었어. 식당을 나왔지.

그런데 어딜 가나 사람들이 나를 동정하는 이야기를 하는 거야. 게다가 나를 시기하던 녀석들은 의기양양해서 이렇게 쑥덕거리는 않겠어?

"별것도 아닌 제 머리만 믿고 으스대더니 저렇게 되는군. 관습이란 관습은 다 우습게 알더니 저놈이 당한 꼴 좀 보라고."

그러면서 아무 말이나 막 해대는 거야. 차라리 내 심장에 비수를 꽂고 싶었어. 자네는 남들이 하는 말에 신경 쓸 것 없다고 충고하겠지. 하지만 그런 너저분한 녀석들이 뭔가 약점을 잡아서 자신을 몰아붙이는데 참고 있을 수 있는 사람 있으면 나와보라고 해. 그자들이 지껄이는 말에 아무 근거가 없다면 그냥 넘어갈 수도 있지만 이번에는 경우가 다르잖아?

3월 16일

　　　모든 것이 나를 몰아붙이며 못살게 구는 것 같아. 오늘 길에서 우연히 B 양을 만났어. 그녀가 함께 있던 사람들과 헤어지자 내가 그녀에게 다가갔어. 그리고 그녀의 태도 때문에 내가 입은 마음의 상처에 대해 이야기했지. 그러자 그녀가 말하더군.

　　"아, 베르테르, 나를 잘 알면서 어떻게 나를 그런 식으로 오해할 수 있어요? 홀에 들어서는 순간부터 당신 때문에 내가 얼마나 괴로움을 느꼈는데요. 나는 그 안에서 무슨 일이 벌어지고 있는지 이미 다 알고 있었어요. 백번도 넘게 당신에게 그 이야기를 하고 싶었어요. 그 자리에 온 많은 귀족 부인들이 당신을 탐탁지 않게 여기고 있다는 것을요. 백작은 그들과 친분 관계를 소중히 여긴다는 걸 알고 있었어요. 내가 어색했던 건 그 때문이에요. 그뿐이 아니에요. 나는 정말 괴로운 일을 또 겪었어요. 아, 이런 일까지 벌어지다니!"

그녀의 사랑스러운 눈에 눈물이 고인 것을 보고 나는 그녀 발치에 엎어지고 싶은 심정이었어.

"도대체 또 무슨 일이 벌어진 거지요? 빨리 말해봐요."

"내가 모시고 사는 우리 아주머니 당신도 알지요? 아주머니도 어제 그 자리에 있었어요. 그리고 모든 걸 똑똑히 목격한 거예요. 베르테르, 나는 어젯밤에도 꾹 참으며 아주머니 설교를 들어야 했고, 오늘 아침에도 똑같았어요. 내가 당신과 사귀면 안 된다는 거지요. 당신을 얕보고 모욕하는 소리를 듣고 있어야만 했어요. 당신을 두둔하는 말도 할 수 없었고 내가 그런 말을 하도록 놔두지도 않았어요."

그녀가 내뱉는 말 한마디 한마디가 내 가슴을 찌르는 비수 같았어. 그녀는 나를 배려해서 자기 아주머니가 한 말을 내게 다 들려주지는 않았어. 하지만 앞으로 사람들이 나를 두고 얼마나 떠들어댈지, 사람들이 나에 대해 얼마나 고소해할지 크게 걱정을 하더군. 그녀에게서 그런 소리를, 그것도 진심으로 하는 소리를 듣게 되다니! 나는 완전히 산산조각 나버렸고 가슴속에 분노가 치밀어 올랐어.

차라리 누가 내 면전에서 나를 헐뜯었으면 좋겠어. 당장 그자의 배를 단검으로 꿰뚫어버리게. 피를 보고 나면 그나마 기분이 좀 나아질 것 같아. 난 답답한 가슴에 숨통을 틔우려고 몇 번이나 단검을 손에 잡았어. 박물학자들이 하는 이야기를 들은 적이 있어. 말은 오래 달려 열이 오르고 지치면 본능적으로 자기 핏줄을 이빨로 물어뜯어 숨통을 틔운다는 이야기 말이야. 지금 내가 꼭 그런 상황이야. 내 핏줄을 터트려 내게 영원한 자유를 주고 싶어.

3월 24일

궁정에 사표를 냈어. 아마 수리가 될 거야. 미리 자네들과 상의하지 않아서 미안해. 이제 이곳을 등질 수밖에 없는 형편이야. 자네들이 나를 설득하기 위해 무슨 말을 할지 다 알고 있어. 하지만 이제는 어쩔 수 없어.

우리 어머니께 잘 말씀드려주면 좋겠어. 어머니가 마음이 많이 아프실 거야. 훗날 공사가 될 아들 모습을 머리에 그리고 계시다가 다시 더러운 외양간으로 돌아가는 꼴을 보시게 된 셈이니까.

자네들이 궁금해할까 봐 내가 어디로 갈 건지 말해줄게. 이곳에서 알고 지내던 후작 한 분이 있어. 나와 친하게 지내는

걸 좋아하지. 내가 일을 그만둔다는 이야기를 듣고 그분 별장
으로 가서 함께 아름다운 봄을 즐기자고 제안하더군. 내가 무
슨 일을 하건 전혀 간섭 않겠다는 약속까지 벌써 했어. 나하고
통하는 점이 많아서 모든 걸 행운에 맡기고 그분과 함께 떠나
기로 했어.

4월 19일

　　두 통의 편지 잘 받았어. 그동안 답장을 보내지 않은 건 궁정에서 내 사표를 수리할 때까지 이 편지를 써놓은 채 보내지 않고 그냥 두었기 때문이야. 이제 다 해결되어서 사표는 수리되었어. 그들이 사표를 선뜻 처리하지 않은 이유와 장관이 내게 쓴 편지 내용에 대해서는 자네들에게 말하고 싶지 않아. 자네들이 아쉬워하며 이런저런 말을 늘어놓을 테니까.

　　황태자가 직접 눈물이 나올 만큼 감동적인 편지를 보내주었어. 그리고 전별금이라면서 25두카트를 보내주었어. 그러니 내가 일전에 편지로 어머니께 부탁한 돈은 필요가 없어졌어.

5월 5일

　　　　내일이면 이곳을 떠나. 가는 도중에 내가 태어난 마을 근처를 지나게 되어서 한번 들러볼 생각이야. 행복하게 꿈꾸며 지냈던 지난날의 추억에 잠겨볼까 해. 그곳 성문을 통해 들어가볼 작정이야. 아버지가 돌아가시고 어머니와 함께 정든 고향을 떠나올 때 지나왔던 바로 그 성문 말이야. 어머니는 지금 정말 아무 맛도 멋도 없는 곳에 사시는 셈이지. 잘 있게, 빌헬름. 가는 도중에 종종 소식 전할게.

5월 9일

　　　　고향 순례를 아주 경건한 마음으로
마무리 지었어. 만감이 교차하더군. 큰 보리수나무가 있는 곳
에 이르렀을 때 나는 마차를 세웠어. 내 고향 마을까지는 약
1킬로미터쯤 떨어진 곳이었지. 나는 마차에서 내려 마차를 그
냥 보냈어. 걸으면서 옛 기억을 생생하게 되살리고 싶어서였
지. 나는 보리수나무 아래 서봤어. 어린 시절 그 나무는 내 산
책의 목표 지점이었어. 아무것도 몰라서 행복하던 그 시절!
나는 얼마나 미지의 세계를 그리워했던지! 저 미지의 세계로
가면 목마른 내 가슴을 채워줄 마음의 양식, 기쁨을 찾을 수
있으리라 꿈꾸었지.

나는 그 넓은 세계에서 이렇게 돌아왔어. 아, 하지만 친구, 나의 희망은 얼마나 뒤틀렸으며 나의 모든 계획은 얼마나 철저히 깨져버렸는지!

나는 내 앞에 있는 산들을 바라봤어. 지난날 수백 번도 더 내 소망의 대상이었던 그 산들을! 몇 시간이고 이곳에 앉아 그 너머를 그리워하곤 했지. 어슴푸레하게 보이는 숲과 계곡들을 마음속으로 누비곤 했어. 그러다 돌아갈 시간이 되면 이 사랑스러운 자리를 뜨기 싫어 얼마나 망설이곤 했는지!

점점 마을이 가까워졌어. 낯익은 정자들이 하나둘 보이자 반가운 마음에 인사를 보냈지. 새로 지은 것들은 낯설기만 할 뿐 반갑지 않았어. 성문 안으로 들어가자 나는 완전히 옛날로 돌아갔어. 친구, 그 모든 것을 상세하게 이야기하지는 않겠어. 글로 쓰면 내가 느낀 매력이 오히려 단조로워질 테니까.

시장 쪽에 숙소를 정했어. 옛날 우리 집 바로 옆이야. 옛 교실은 잡화상으로 바뀌어 있더군. 그 옛날 교실에 갇혀 지내면서 내가 느끼고 겪었던 초조와 눈물, 우울과 불안이 떠올랐어. 발걸음을 옮길 때마다 새로운 기억이 떠올랐지. 그 어떤 성지 순례자라 할지라도 이처럼 성스러운 감동에 젖어보기는 어려울 거야. 아, 그 시절 나는 얼마나 천진난만했는지!

　고향 이야기는 그만할게. 내게는 아무리 감동적인 순례 길이라도 자네에게는 지루하겠지. 나는 지금 그 후작의 수렵관에 머물고 있어. 진실하고 소박한 분이라서 함께 잘 지낼 수 있을 것 같아. 그런데 그분 주변에는 내가 이해하기 어려운 이상한 사람들이 많아. 악한 같지는 않지만 성실해 보이지는 않아. 한 가지 유감스러운 점은 후작이 남에게서 듣거나 책에서 본 것을 자기 이야기처럼 한다는 거야. 그가 내 마음보다는 내 머리와 재능을 더 높이 치는 것도 좀 마음에 걸려. 내 마음만이 내 모든 힘과 행복, 심지어 내 모든 불행의 원천이야. 내가 유일하게 내 것이라고 할 수 있는 건 오로지 내 마음뿐이야.

5월 25일

내가 실행에 옮기기 전에는 절대로 자네에게 말하려 하지 않던 게 있어. 이제 다 부질없는 짓이 되었으니 털어놓을게. 실은 전쟁터로 나가고 싶었어. 아주 오랫동안 품어온 생각이야. 후작을 따라 이곳에 온 것도 실은 그 때문이야. 그분은 사실 모 부대 소속 장군이야. 산책길에 계획을 털어놓았더니 나를 말리더군. 내가 전쟁터로 가려 한 건 내 열정 때문이었을까, 아니면 단순한 망상이었을까? 아무튼 나는 후작의 권고를 따를 수밖에 없었어.

6월 1일

　　　　　자네는 나를 변덕쟁이라고 비난할 테지만 더 이상 이곳에 머물 수가 없어. 이곳에 머물 이유가 하나도 없어. 후작은 내게 아주 잘해주지만 이곳은 내가 있을 곳이 아니야.

　사실 생각해보면 우리 사이에는 공통점이 없어. 그에게 지적인 면이 없는 건 아니지만 대단하지는 않아. 그와 사귄다는 건 잘 써놓은 책을 읽는 것과 다름이 없어. 사람은 책이 아니잖아! 일주일만 더 있다가 발길 닿는 대로 길을 떠나야겠어.

　그래도 이곳에 와서 소득은 있었어. 그림을 좀 그렸지. 후작은 예술에 대한 감각이 있어. 단지 그 맛없는 지식이나 멋없는

용어만 구사하지 않으면 좋겠는데……. 내가 참을 수 없을 때
가 바로 그런 때야. 온갖 상상력을 동원해서 그를 자연과 예술
의 세계로 이끌려 하는데, 그가 갑자기 뭔가 대단한 이야기라
도 되는 것처럼 너무 빤한 예술 용어를 들이댈 때…….

6월 16일

그래, 나는 나그네야. 이 세상을 떠도
는 순례자! 자네들이라고 이보다 나을 게 뭐 있어?

6월 18일

　　　　　어디로 가느냐고? 자네에게만 슬쩍 말해주지. 앞으로 이 주 정도 이곳에 더 있다가 XXX 지방에 있는 광산으로 가볼 작정이야. 실은 광산은 핑계에 불과해. 다시 로테 곁으로 가고 싶어서야. 그게 전부야. 나도 내 마음을 비웃지. 하지만 마음이 시키는 대로 따르기로 했어.

7월 29일

아, 내가 그녀의 남편이라면! 하느님, 당신께서 제게 그런 축복을 주셨다면 저는 평생 기도하며 살았을 것입니다. 하느님께 시비를 거는 게 아닙니다. 하느님, 제 눈물을, 이 헛된 소망을 용서해주십시오! 그녀가 내 아내라면! 하늘 아래 가장 사랑스러운 그녀를 내 품에 안을 수만 있다면! 빌헬름, 알베르트가 그녀의 날씬한 몸을 끌어안는다는 생각만 해도, 아, 온몸에 소름이 돋아.

내가 이런 말을 해도 될지 모르겠어. 그래, 안 될 건 또 뭐야? 그녀는 그가 아닌 나와 결혼했으면 훨씬 행복했을 거야. 알베르트는 그녀 가슴속의 소망을 다 채워줄 만한 인물은 못

돼. 그에게는 감수성이 부족해. 맞아, 감수성이 부족해! 자네 좋을 대로 생각해. 그의 심장은 그녀 심장과 어울리며 뛰지 않아. 좋아하는 책을 함께 읽을 때, 어느 대목에선가 로테와 나의 심장은 하나가 되어 뛰어. 누군가의 행동을 보고 함께 감동의 외침을 지를 때가 한두 번이 아니야. 하지만 알베르트는?

사랑하는 친구! 사실 그는 그녀를 온 마음으로 사랑해. 그러니 무슨 보답인들 못 받겠어?

꼴 보기 싫은 인간이 찾아와 편지 쓰는 걸 방해했어. 내 눈물은 말라버렸고 정신도 어수선해졌어. 잘 있게, 친구!

8월 4일

이 세상에서 나만 불행한 건 아니야. 사람은 누구나 희망이 꺾이고 기대했던 일에 실망하기 마련이지.

자네, 보리수나무 아래에 있던 여관 기억나지? 내가 쟁기 위에 앉아 그림을 그리던 곳 말이야. 어느 날 마음씨 착한 그 집 여주인을 찾아갔어. 밖에 있던 맏이 녀석이 기쁨의 환성을 지르며 나를 맞더군. 그 소리에 엄마도 나왔어. 초췌한 빛이 역력하더군. 그녀의 첫 마디가 이거였어.

"아이고, 선생님, 우리 한스가 죽었어요."

한스는 그 집 막내였어. 나는 아무 말도 할 수 없었지. 그러자 그녀가 말을 이었어.

"남편이 스위스에서 돌아오긴 했는데 아무 유산도 못 받았어요. 남들 도움이 없었다면 길바닥에서 구걸까지 할 뻔했대요. 오는 도중에 열병도 얻었고요."

나는 할 말이 없어서 꼬마에게 몇 푼 쥐어주었을 뿐이야. 그 여자가 사과 몇 개를 자꾸만 내주며 가져가라고 해서 받아들고는 슬픈 기억에 물든 그곳을 떠났어.

8월 21일

내 기분이 손바닥 뒤집듯 수시로 바뀌어. 가끔 인생의 즐거운 면이 모습을 보이는 것 같기도 하지. 물론 그건 아주 잠깐일 뿐이야! 하지만 그런 꿈속이라도 헤매야 이런 생각을 막을 수가 있어.

아, 나도 모르게 이런 생각에 빠져. 만약에 알베르트가 죽는다면? 그러면 아마 내가! 그래 그녀는……. 나는 내 생각을 따라가다가 갑자기 어두운 심연 앞에 이르러 움찔 놀라 뒤로 물러서곤 해.

마차를 타고 무도회에 로테를 처음으로 데려가던 그 길, 그 길을 따라 성문 밖으로 나섰어. 그사이 얼마나 많은 것들이 달

라졌는지! 모든 것이 사라져버렸어. 모든 것이! 당시 흔적이
라고는 찾아볼 수 없고 감정의 맥박도 느껴지지 않았지. 화려
한 성을 자식에게 물려주었건만 모든 것이 불타고 무너져 버
린 성에 돌아와 그걸 바라보는 유령의 심정이야.

9월 3일

　　　　때때로 이해할 수가 없어. 도대체 나 말고 누가 그녀를 사랑할 수 있지? 누가 그녀를 사랑해도 된 단 말이지? 내가 이렇게 진심으로, 넘치는 마음으로 오로지 그녀만을 사랑하고 있는데. 이 세상에서 오로지 그녀만을 알고 있고, 갖고 있는데…….

9월 4일

그래, 세상은 다 그런 거야. 여름이
가면 가을이 오듯이 내 마음속에도, 내 주변에도 가을이 왔어.
나의 나뭇잎들은 누렇게 변했고 나와 이웃한 나무들의 잎들
은 벌써 졌어. 오늘 그렇게 마음속 나뭇잎이 져버린 친구 이
야기를 자네에게 들려주겠어.

내가 언젠가 자기 여주인을 사랑한 하인 이야기를 한 적이
있지? 나는 발하임에 도착하자 그 하인을 수소문했어. 그의
이야기가 나를 감동시켰다고 자네에게 말했었지? 그 후의 소
식이 정말 궁금했어. 하지만 그 친구가 일자리에서 쫓겨났다
는 이야기만 들었을 뿐 그 이상의 소식을 아는 사람은 아무도

없었어.

그런데 바로 어제 다른 마을로 가는 길에 우연히, 정말 우연히 그 친구를 만났어. 우리는 서로 반가워했어. 그는 바로 자기 이야기를 들려주더군. 나는 정말 감동받았어. 하지만 자네에게 그의 이야기를 해줄까 망설였어. 가슴 아픈 이야기를 자네에게 해주어서 자네까지 우울하게 만들 필요가 없다는 생각이 들어서야. 하지만 자네에게 들려주기로 작정했어. 자네야 나를 또 책망하겠지만 그게 내 숙명이잖아?

그 친구는 내게, 자신이 저지른 잘못을 고백하고 자신의 불운을 한탄했어. 하지만 그 얼굴에 지나간 옛일을 떠올리며 행복에 젖은 모습이 살짝 비치는 것을 나는 놓치지 않았어. 그의 이야기를 이제부터 들려주지.

여주인을 향한 사랑은 그의 마음속에서 나날이 커져만 갔어. 마침내는 자신이 어떻게 해야 할지도 모를 상황이 된 거지. 그의 표현대로 고개를 어디로 돌려야 할지도 모르게 되었고, 무엇을 먹고 마실 수도 없었고, 잠을 잘 수도 없었어. 꼭 목구멍에 뭔가 걸린 기분이었다고 하더군. 그래서 자신의 처지를 잊은 채, 해서는 안 될 일을 하고 말았다는 거야.

어느 날 그는 그녀가 위층 방에 있는 것을 알고 무슨 악령에게 이끌리듯 그녀의 방으로 갔어. 그녀가 저항하자 그는 그녀를 겁탈하려 했어. 자기도 어쩌다 그런 일이 벌어졌는지 모르겠다고 하더군. 그가 바란 것은 오로지 그녀와 결혼해서 사는 것, 그것뿐이었다고, 하느님께 맹세할 수 있다고 하더군.

그러더니 그는 조금 쑥스러워했어. 말을 더듬더군. 뭔가 할 말이 있지만 감히 입 밖에 내지 못하겠다는 표정이었지. 자, 더 들어봐.

그녀가 금방 그의 사랑 표시는 어느 정도 받아주겠으며 자기 곁에 가까이 오는 것도 허락한다고 했다는 거야. 실은 그의 사랑을 받아들인 거지. 그런 말을 하면서 그는 나를 설득하려는 듯 거듭 말했어. 결코 그녀를 헐뜯기 위해 그런 말을 하는 것이 아니다, 자기는 여전히 그녀를 사랑하고 있다, 자기가 결코 어리석은 인간이 아니라는 것을 보여주기 위해 그런 이야기를 내게 하는 것이다, 하고 여러 번 강조했어. 아, 내가 그 젊은이의 모습을 자네에게 그대로 그려 보여줄 수만 있다면! 내가 왜 그 불행한 청년에게 그렇게 끌렸는지 제대로 보여줄 수 있을 텐데……

결말은 뻔해. 그때 그녀의 오빠가 나타났어. 순간 그녀는 그를 밀쳐낼 수밖에 없었지. 그녀의 오빠는 그를 오래전부터 미워했기에 무슨 수를 쓰든 집에서 쫓아낼 궁리를 하고 있었어. 오빠는 그가 여동생을 사랑하고 있으며 여동생도 그를 그리 싫어하지 않는다는 사실도 알고 있었어. 그런데 만일 여동생이 재혼하면 자기 아이들에게 돌아갈 유산이 없어진다는 게 문제였지. 그녀에게는 자식이 없으니 죽으면 유산은 그녀 조카들에게 가게 되어 있었어. 그래서 오빠는 그 하인을 집에서 쫓아내고, 온갖 나쁜 소문을 온 마을에 퍼뜨렸어. 여동생이 원해도 그 하인을 다시 받아들일 수 없게 만든 거지. 그녀는 다른 하인을 다시 구했다고 하더군.

내가 자네에게 들려준 이야기에는 과장이 전혀 없어. 오히려 아주 조심스럽게 이야기한 거야. 게다가 도덕적인 말들을 쓰다 보니 오히려 그 아름다운 이야기가 거칠어졌어. 그 사건이 아름답다는 게 아니라 그 청년의 사랑이 아름답다는 말이야.

이런 굳센 사랑, 이런 열정은 결코 문학적으로 꾸며낸 것이 아니야. 이런 사랑은 그 자체로 생생하게 살아 있어. 세련된 사람들에게서가 아니라, 우리가 교양 없다고 말하는 사람들,

거친 사람들 사이에 더없이 순수하게 살아 있어. 우리 교양인들은 잘못된 교육을 받은 별 볼 일 없는 존재일 뿐이야. 이 이야기를 읽을 때 제발 경건해지길 부탁해.

오늘 이 이야기를 쓰다 보니 마음이 차분해져. 내 글씨를 보면 알 수 있을 거야. 아무렇게나 휘갈겨 쓴 데가 하나도 없지? 사랑하는 친구, 이 이야기는 자네 친구인 내 이야기이기도 해.

그래, 나는 이제까지 이런 꼴이었으니 앞으로도 그럴 거야. 나는 실연의 아픔을 맛본 그 불쌍한 젊은이가 보여준 용기와 결단력의 반도 지니지 못한 사람이야. 감히 그와 비교할 엄두도 나지 않아.

9월 5일

로테가 시골로 출장 간 남편에게 짧은 편지를 썼어. 그녀가 무심코 책상 위에 둔 것을 어제저녁 우연히 읽게 되었지.

그 편지는 이렇게 시작했어.

"이 세상에서 가장 멋지고 사랑하는 당신, 될 수 있는 대로 빨리 돌아와요. 더없이 기쁜 마음으로 당신이 돌아오기만을 손꼽아 기다릴게요."

나는 그 편지를 읽으며 미소를 지었어. 그녀가 왜 웃느냐고 묻더군.

나는 씩씩하게 큰 소리로 말했어.

"인간의 상상력이란 정말이지 하느님의 큰 선물입니다. 잠시 이 편지를 당신이 나한테 쓴 것이라고 상상해봤어요."

그녀는 하던 일을 멈추었지. 기분이 상한 것 같았어. 나는 아무 말도 하지 않았지.

9월 12일

　　　　　　그녀는 알베르트를 마중하러 며칠 여
행을 떠났어. 그녀가 떠나기 전 그녀 방에 들어서려니 마침
그녀가 나오고 있던 참이었지. 그녀가 나를 반겼어. 나는 기쁨
에 겨워 그녀 손에 입을 맞추었어.

　그때 카나리아 한 마리가 거울 쪽에서 날아와 그녀 어깨 위
에 앉았어. 그녀는 새로운 친구라고 말하면서 새를 손등에 앉
히더군.

　"아이들을 위해 구했어요. 너무 귀여워요. 빵 조각을 주면
날개를 파닥거리며 귀엽게 콕콕 찍어 먹어요. 내게 키스도 해
요. 이것 좀 봐요."

그녀가 새에게 입술을 내밀었어. 그러더니 그 달콤한 입술을 갖다 대고 살짝 눌렀어. 새는 그 크나큰 행복을 즐길 줄 아는 것 같았어.

"당신도 키스 한번 받아봐요."

그녀는 새를 나에게 넘겼어. 카나리아의 부리가 내 입술을 건드렸을 때 그건 마치 사랑이 넘쳐흐르는 기쁨의 숨결 같았고, 그 뭔가에 대한 예언 같았어.

난 그녀에게 말했지.

"이 새의 키스에는 뭔가 간절히 바라는 게 들어 있는 것 같아요. 단순히 먹이만 찾는 게 아닌 것 같아요. 단순히 귀염만 받는 것으로는 만족하지 않는 것 같아요."

그녀는 내 말을 듣는 둥 마는 둥 다시 말했어.

"내 입에 있는 것도 잘 먹어요."

그녀는 빵 한 조각을 입에 물더니 카나리아에게 내밀었어. 그러면서 천진난만하게 사랑의 미소를 지었어. 사랑의 기쁨에 찬 얼굴이었지.

나는 눈길을 돌렸어. 그녀는 그래선 안 되는 거였어. 그처럼 천진난만하고 행복한 미소로 내 상상력을 자극하다니! 생에 대한 무관심이 겨우 잠재워둔 내 마음, 그 마음을 깨우다니!

하지만 왜 안 된다는 거지? 그녀가 그토록 나를 믿고 있는데. 그녀는 내가 얼마나 자기를 사랑하는지 알고 있는데.

10월 10일

　　　　　　나는 그녀의 검은 눈동자만 바라보고
있어도 기분이 좋아. 나를 화나게 만드는 건 알베르트가, 그가
바라는 것만큼 또는 내가 그럴 거라고 믿는 것만큼, 행복해하
지 않는다는 거야. 달리 표현할 길이 없어. 아마 나라면 너무
나 확실하게 행복할 텐데.

10월 12일

　　　　나는 이제 호메로스를 읽지 않고 오
시안을 읽어. 오시안이 호메로스를 내 마음속에서 쫓아냈어.
나를 이끌어 들이는 그 영혼의 세계! 나는 그의 시를 읽으며
자욱한 안개 속 조상들의 영혼과 함께해. 귓가에 윙윙거리는
폭풍 소리를 들으며 황야를 가로질러 가.

　이 영웅의 마음속에서, 이 시인의 영혼 속에서 모든 과거가
되살아나. 아, 친구, 그의 시를 읽으면 내 영혼이 삶의 질곡에
서 해방된 반신(半神)이라도 된 것 같은 기분을 느껴.

「로라 강기슭에서 하프를 연주하며 신들을 부르는 오시안 Ossian on the Bank of the Lora,
Invoking the Gods to the Strains of a Harp」

프랑스 화가 프랑수아 제라르의 1801년 작품. 오시안(Ossian)은 스코틀랜드 시인 제임스 맥퍼슨이 1760
년 출간한 서사시의 화자(話者)이자 저자로 일컬어지는 인물이다. 맥퍼슨은 오시안이 게일어로 쓴 오래전
작품을 모아서 번역했다고 주장했다. 오시안의 원형은 아일랜드 신화 속 전설적인 시인인 핀의 아들 오
이신이다. 오시안이 진짜 저자인지 의문스럽지만, 맥퍼슨이 출간한 서사시는 큰 인기를 끌어 유럽의 모든
언어로 번역되었으며, 17세기 말~19세기에 걸친 낭만주의 문학의 탄생과 발전에 큰 영향을 끼쳤다.

10월 19일

       아, 이 공허! 내 가슴속에 치미는 이 끔찍한 공허! 나는 자꾸만 이렇게 생각해.

    단 한 번만이라도, 정말 단 한 번만이라도 그녀를 내 품에 안아볼 수 있다면 이 공허는 다 메워질 텐데!

10월 26일

그래, 정말이야. 점점 더 확실해져. 시간이 흐를수록 더 확실해져. 인간이란 정말 보잘것없는 존재라는 것! 정말 별 볼 일 없는 존재라는 것!

로테의 여자 친구 한 명이 로테를 찾아왔어. 나는 책을 가지러 옆방으로 들어갔지. 도무지 글이 눈에 안 들어오더군. 그러다 글을 써보려고 펜을 들었어. 그녀들이 조용히 나누는 이야기 소리가 들리더군. 정말 시시콜콜한 이야기들뿐이었어. 누가 결혼을 했다는 둥, 누가 아프다는 둥, 진짜 죽을병에 걸렸다는 둥.

아하, 죽을병이라! 로테의 친구가 말하더군.

"그 여자는 마른기침을 한대. 얼굴엔 뼈만 앙상하고 가끔 정신도 잃는다는 거야. 아무래도 살아남기 힘들 것 같아."

로테가 대꾸하더군.

"그래, 아무래도 상태가 무척 안 좋다더라."

그녀들 이야기를 들으며 내 상상력은 나를 그 불쌍한 여자의 침대 곁으로 데려갔어. 내 눈에는 그녀가 생으로부터 등을 돌리지 않으려고 애쓰는 모습이 보였어. 그런데 빌헬름, 두 사람은 마치 모르는 사람이 죽어가는 것처럼 아주 태연하게 이야기하더군.

그래, 그녀는 그렇게 사라지겠지. 마치 있지도 않던 사람처럼 잊히겠지.

나는 주위를 둘러봤어. 로테의 옷가지들과 알베르트의 서류들, 그리고 가구들. 모두 내게 익숙하고 친숙한 것들이야. 이제는 잉크병까지 정이 들었지. 나는 그것들을 둘러보며 생각해. 그리고 자신에게 말해.

"봐, 네가 이 집에서 어떤 존재인지를! 넌 이 집의 모든 거야. 네 친구들은 너를 존경해. 넌 그들에게 자주 기쁨을 선사하지. 너는 이 친구들 없이는 세상을 살아갈 수 없다고 생각하고 있어. 그런데 네가 떠난다면? 네가 이 울타리 밖으로 사라진다면? 그들은 네가 없어서 생긴 빈틈을 느낄까? 혹 느끼더라도 언제까지?"

아, 인간이란 이처럼 덧없는 존재야. 자신이 존재한다는 확신을 가질 수 있는 곳, 자신의 존재가치를 남들에게 확실하게 심어줄 수 있는 곳에서조차 인간은 사라져야만 하는 법이야. 그래, 사랑했던 사람들의 기억 속에서, 그들의 마음속에서 사라지는 거야. 그것도 너무나 빨리!

10월 27일

　　서로 마음이 통할 수 있는 사람이 거의 없다는 걸 생각하면 내 가슴을 찢어발기고 내 뇌를 칼로 찌르고 싶을 때가 한두 번이 아니야. 내가 사랑과 기쁨, 행복과 따스함을 먼저 주지 않는다면, 아! 상대방은 내게 그것들을 주지 않아. 내 가슴이 아무리 행복에 가득 차 있어도 내 곁에 있는 사람이 차갑고 무관심한 사람이라면 그 사람을 행복하게 만들 수 없어.

10월 27일 저녁

나는 가진 게 이렇게 많아. 하지만 그녀를 향한 그리움이 모든 걸 다 빨아들여. 나는 가진 게 이렇게 많아. 하지만 그녀가 없으면 그 모든 게 아무것도 아니야.

10월 28일

그녀의 가슴으로 쓰러질 뻔한 것이 벌써 백번도 넘어. 사랑하는 여인이 눈앞에 얼씬거리는 데도 그녀의 손 한 번 잡을 수 없는 사람의 마음이 어떨지는 위대하신 하느님만이 아실 거야. 손을 내밀어 잡고 싶은 건 인간의 본능이잖아. 어린아이들은 자기 마음을 끄는 게 있으면 언제든 붙잡잖아? 그런데 나는?

11월 13일

정말이지 하느님만 아실 거야. 내가
다시는 잠에서 깨어나지 않기를 바라면서, 가끔 그런 기대를
품고 잠자리에 든다는 것을. 그러다가 아침에 눈을 뜨고 또다
시 태양을 바라보면 내 마음은 비참해져.

모든 것을 날씨 탓으로 돌리거나 남의 탓으로 돌릴 수 있
다면 얼마나 좋을까? 내 마음속 짐의 절반 이상은 줄어들 텐
데……. 모든 잘못의 책임이 내게 있음을 스스로 잘 알고 있
으니……. 아니지, 잘못이라고 할 수는 없지.

아무튼 지난날 나의 모든 기쁨이 그랬듯이 내 슬픔의 뿌리
는 내 안에 있는 게 확실해. 나는 여전히 같은 나잖아? 그런데

지난날 행복에 거워 이리저리 산책하던 나, 발걸음을 떼어놓을 때마다 낙원을 거니는 듯이 느끼고 온 세상을 사랑의 마음으로 감쌀 것 같던 나, 그 나는 도대체 어디로 가버렸을까?

이 마음은 이제 죽었어. 더 이상 기쁨도 흘러나오지 않고 눈물도 메말라버렸어. 이제 불안만이 나를 감싸고 있고 나는 괴롭기만 해. 내게 기쁨을 가져다주던, 내 주위를 새로운 세계로 만들어주던 영감의 힘을 잃었기 때문이야. 그 힘이 내게서 사라졌어!

나는 여전히 창가에 서서 멀리 산등성이를 바라봐. 여전히 아침 해가 안개를 젖히며 조용히 초원을 비추지. 버드나무 사이로는 잔잔한 강물이 이편을 향해 구불대며 다가와. 그런데, 그런데 이 멋진 자연이 이제 내게는 왁스칠을 한 한 장의 그림처럼만 보일 뿐이야. 그 모든 것이 내 가슴에 단 한 방울의 행복도 길어 올리지 못하니, 이 몸뚱이는 하느님의 얼굴 앞에 마치 말라버린 우물처럼, 깨진 물통처럼 서 있을 뿐이야.

나는 수시로 바닥에 엎드려 하느님께 제발 눈물을 달라고 애원했어. 대지가 메말라갈 때 비를 내려달라고 기도하는 농부처럼…….

그러나 아! 아무리 미칠 듯 애원해도 하느님은 비를 내려주시지 않을 것임을 나는 알아. 생각할수록 괴롭기만 했던 그 옛날, 그 시절은 왜 그렇게 성스러웠을까? 그건 내가 참을성 있게 성령을 기다릴 줄 알았기 때문이고, 하느님이 내게 내리신 기쁨의 선물을 온 마음으로 진정 감사하게 받아들였기 때문이야.

11월 8일

그녀가 나의 무절제함을 나무랐어.
아, 그렇게 다정한 표정으로……. 한 잔으로 시작해서 포도주
한 병을 다 비워버리는 무절제함을…….

그녀가 내게 말했어.

"그러지 마요. 로테를 생각해서라도요."

내가 말했어.

"당신을 생각하라고요? 그런 말을 할 필요가 있을까요? 늘
당신을 생각하고 있는데. 아니지요. 난 당신을 생각하지 않아
요. 당신은 늘 내 영혼 앞에 서 있으니까요."

그녀는 그 이야기를 더 이상 하지 않으려는 듯 딴 이야기로

말머리를 돌렸어.

사랑하는 친구, 나는 정신이 나가버렸어. 그녀는 나를 마음
대로 할 수 있어.

11월 21일

그녀는 보지도 느끼지도 못하는 사이에 그녀와 나를 파멸시킬 독을 만들고 있어. 그녀는 나를 파멸시킬 독이 든 잔을 내게 내밀고, 나는 주저 없이 그 잔을 비우고 있지. 그녀가 자주, 아니 자주는 아니고, 가끔 나를 쳐다볼 때의 그 다정한 눈길, 기분 내키는 대로인 내 표정을 아무렇지 않게 받아주는 그녀의 달콤한 표정, 그녀의 이마에 나타나는 내 슬픔에 대한 동정의 표정, 이런 것들이 결국 무엇을 의미할까? 그것이 바로 나를 파멸시킬 독이 아니고 뭘까?

어제는 그만 가려고 하는데 그녀가 내게 손을 내밀더니 말했어.

"잘 가요, 사랑하는 베르테르!"

사랑하는 베르테르! 그녀가 사랑이라는 말을 내게 한 것은 처음이었어. 내 뼈에 사무쳤어. 나는 그 말을 수백 번도 더 되뇌었어. 사랑하는 베르테르!

어제는 잠자리에서 혼자 온갖 소리를 지껄이다가, "잘 자요, 사랑하는 베르테르!"라는 말이 튀어나왔어. 내 자신이 우스워서 웃지 않을 수 없었어.

11월 22일

나는 "그녀를 내게 맡겨주십시오!"라고 기도할 수 없어. 그래도 때로는 그녀가 내 것이라는 생각이 들어. 나는 "그녀를 내게 주십시오!"라고 기도할 수 없어. 그녀는 다른 사람의 것이니까. 나는 내 자신의 고통을 갖고 계속해서 말장난을 해. 계속 그 놀이에 빠져 있다 보면 서로 치고받는 반박의 말들이 끝없이 이어져.

11월 24일

그녀는 내가 무엇을 꾹꾹 눌러 참고 있는지 느끼고 있는 것 같아. 오늘 그녀의 눈길이 내 마음을 꿰뚫었어. 오늘 그녀는 혼자 있었어. 나는 아무 말도 하지 않았고 그녀는 나를 쳐다봤지.

내가 이제 그녀에게서 보는 것은 단아한 아름다움이나 뛰어나게 반짝이는 정신이 아니야. 그 모든 것은 내 눈앞에서 사라져버렸어. 나를 쳐다보는 그녀의 눈길은 훨씬 강렬한 것이었어. 깊고 깊은 동정, 상냥하기 그지없는 동정의 눈초리였어.

왜 나는 그녀의 발치에 쓰러지면 안 되는 거지! 왜 그녀를 끌어안고 수천 번의 키스로 답할 수 없는 거지!

그녀는 피아노 있는 곳으로 슬그머니 몸을 피하더니 달콤한 목소리로 나지막이 노래를 불렀어. 그녀의 입술이 그렇게 매혹적으로 보인 건 처음이었어. 그 입술은 목이 말라 열렸다가 피아노에서 솟아나는 그 달콤한 소리를 후루룩 들이마시는 것 같았어. 은밀한 메아리가 그 순결한 입술에서 울리는 것 같았어.

　　아, 자네에게 그걸 제대로 묘사할 수 있다면! 나는 더 이상 버틸 수가 없었어. 고개를 숙이고 맹세했어. 거룩한 정신이 감도는 그 입술에 다시는 키스하려 덤비지 않겠다고! 그래도, 그래도 아, 나는 하고 싶어. 아! 봐. 내 마음을 가로 막고 있는 저 장벽을 봐! 그리고 저 행복! 그것만 얻을 수 있다면! 죽음으로 그 죄를 씻어도 좋아! 아니, 그게 과연 죄일까?

11월 26일

　　가끔 나는 스스로에게 이렇게 말해. 너 같은 운명은 이 세상에 단 하나뿐이야. 다른 사람들은 모두 행복하다고 칭송해. 여태껏 너처럼 고통을 겪은 자는 없었으니까.

　나는 옛 시인, 오시안의 시를 읽어. 그러면 마치 내 자신의 마음을 들여다보는 것 같아져. 나는 그토록 많은 것을 견뎌야 해. 아, 이 세상에서 일찍이 나보다 더 큰 고통에 시달린 사람이 있었을까!

11월 30일

나는 정말로 나 자신을 찾지 못할 것 같아. 어디를 가나 당혹스러운 일들만 마주치니! 오늘도! 아, 인간아. 아, 인간의 운명아!

오늘 점심 무렵 물가를 산책하고 있었어. 식욕이 전혀 없었어. 보이는 모든 게 처량했지. 산에서 차갑고 축축한 바람이 불어왔고 잿빛 비구름이 골짜기를 향해 몰려들고 있었지. 그때 저 멀리로 남루한 초록빛 외투를 걸친 웬 남자 모습이 보였어. 암벽 사이를 기어 다니며 뭔가 찾는 것 같더군. 내가 가까이 가자 돌아보더군. 은근한 슬픔이 배어 있는 얼굴이었지만 착하고 정직한 천성이 배어나왔지. 검은 머리는 두 갈래로

묶어 길게 등까지 늘어뜨리고 있었어.

나는 그에게 뭘 찾고 있느냐고 물었지. 그러자 그가 한숨을 길게 내쉬며 말하더군.

"꽃을 찾고 있는데 안 보이네요."

내가 웃으며 말했지.

"지금은 꽃이 필 철이 아니지요."

그러자 그가 내 쪽으로 내려오면서 말했어.

"꽃에도 여러 종류가 있지요. 우리 집 정원에는 두 종류가 있어요. 하나는 장미고 하나는 겨울에도 피는 인동초랍니다. 둘 다 잡초처럼 우거져 있지요. 벌써 이틀째 그 꽃들을 찾아 다니는데 찾을 수가 없어요. 이 근처에는 늘 꽃이 피어 있었어요. 노랑, 파랑, 빨강 꽃들이지요. 그중 제일 예쁜 건 용담초 꽃이에요. 그런데 하나도 찾을 수가 없어요."

나는 뭔가 섬뜩함을 느꼈어. 그래서 넌지시 물어봤지.

"그 꽃으로 뭘 하려고요?"

그러자 그의 얼굴이 야릇한 미소로 일그러졌어. 그러더니 입술에 손가락을 갖다 대며 말하더군.

"남들에게 말하면 안 돼요. 애인에게 꽃다발을 한 아름 선물하기로 약속했거든요."

"정말 멋지군요."

그가 계속 말을 이었어.

"그런데요, 그녀는 다른 물건이 아주 많아요. 부자거든요."

내가 대답했지.

"그래도 당신이 엮어준 꽃다발을 좋아할 거예요."

"그녀는 보석도 있고 왕관도 있어요."

나는 그녀의 이름이 뭐냐고 물어봤지. 그러자 그가 딴소리를 했어.

"네덜란드 정부가 내 봉급을 떼먹지만 않았어도 이런 꼴이 되지는 않았을 거예요."

그는 촉촉한 눈길로 하늘을 쳐다보더니 다시 말했어.

"아, 예전 행복하던 시절로 다시 돌아갔으면 좋겠어요. 그때는 정말 물속 물고기처럼 행복하고 재미있었어요."

그때 웬 노파가 "하인리히"라고 외치며 다가왔어. 가까이 오자 노파가 말했지.

"하인리히, 도대체 어딜 갔었니? 사방으로 찾아다녔잖아. 어서 가서 밥 먹자."

나는 그녀 쪽으로 다가가며 물었지.

"당신 아들인가요?"

그러자 그녀가 대답했어.

"네, 불쌍한 내 아들이랍니다. 하느님이 내 어깨 위에 무거운 십자가를 올려놓으셨어요."

그가 저렇게 된 지 얼마나 됐냐고 노파에게 물었어.

"지금은 아주 조용해진 거랍니다. 반 년 전까지는 정신병원 사슬에 묶여 있었어요. 놔두면 그냥 펄펄 뛰었으니까요. 이제는 남들에게 해를 끼치지 않아요. 자나 깨나 왕이니 황제니, 그런 이야기들만 하지요. 원래는 착하고 좋은 아이였어요. 집 안일도 돕고 글씨도 아주 잘 썼어요. 그런데 어느 날 갑자기 우울증이 생기더니 지독한 열병에 걸렸어요. 열병을 앓고 나자 그만 미쳐버렸어요. 그러다가 지금처럼 저렇게 된 거지요. 그걸 다 말하자면……."

나는 홍수처럼 쏟아지는 노파의 말을 끊고 물어봤어.

"예전에 행복했다고 하던데, 언제를 말하는 건가요?"

그녀는 애처로운 미소를 지며 말했어.

"미쳤을 때 이야기를 하는 거예요. 정신병원에 묶여 있을 때요. 그때가 늘 좋았다고 말하는 거지요. 자기가 뭘 했는지도 모르던 그때를요."

노파의 말이 마치 벼락처럼 내 가슴을 쳤어. 나는 그녀의 손에 동전 하나를 쥐어준 후 서둘러 그곳을 떠났어.

마을로 돌아오면서 나는 큰 소리로 외치지 않을 수 없었어.

"그때가 행복했다고! 물고기처럼 즐거웠다고! 오, 하늘에 계신 하느님! 인간의 운명을 어쩌자고 이렇게 만들어놓으셨습니까! 분별력을 갖기 전에만 행복을 느끼게 만드시다니! 분별력을 잃어야만 행복을 느끼게 만드시다니!"

나는 그 남자를 향해 말했어.

"불행한 사람! 나는 당신이 빠져 있는 정신착란이 정말 부러워! 당신은 한겨울에 밖으로 나가 당신 여왕에게 줄 꽃들을 찾지. 꽃을 찾지 못하면 슬퍼하면서도 왜 꽃이 없는지 알지 못하지.

그런데 나는, 나는…… 나는 아무런 희망도 목적도 없이 밖으로 나갔다가 그냥 그대로 돌아와. 당신은 네덜란드 정부가 당신 돈을 다시 돌려준다면 무슨 일이든 할 수 있다는 상상을 하지. 그 상상을 하면서 희망을 갖지. 아, 당신은 행복해. 당신이 불행해진 것을 이 세상 탓으로 돌릴 수 있다니! 당신은 느끼지 못해, 당신의 불행은 바로 당신의 망가진 정신 속에, 당신의 부서진 가슴속에 자리 잡고 있음을 몰라. 아, 그래서 당신은 행복해. 당신의 불행에 대해서는 이 세상 어느 누구도 도와줄 수 없어. 아니 도와줄 필요도 없어."

빌헬름, 나는 또 이런 생각을 했어. 내 생각을 그대로 자네에게 전할게.

'병든 환자들은 병을 고쳐줄 약수를 찾아 머나먼 곳으로 여행을 하지. 그 때문에 병이 더 악화되고 더 고통스러운 임종을 맞게 되기도 해. 그러나 그들을 비웃는 자들이야 말로 정말로 비참한 최후를 맞아야만 해.

사람들은 양심의 가책에서 벗어나기 위해, 괴로움을 덜기 위해 그리스도의 무덤을 향해 고난의 순례를 떠나지. 그것이 아무 소용 없는 짓이라고 멸시하는 자들, 그들 역시 비참한 최후를 맞이해야 해. 아무도 간 적이 없는 길을 헤치며 고통스럽게 내딛는 발걸음 하나하나가 그의 영혼을 치료해주는 한 방울의 약인데, 하루하루 고통스러운 여행을 하면서 그만큼 마음의 평화를 얻게 되는데……. 그런데 당신들, 푹신한 소파에

앉아 글이나 끼적이는 당신들은 그것을 헛된 망상이라 부르지!'

나는 하늘을 향해 외쳤어.

"오, 하느님, 제 눈의 눈물이 보이시나요? 인간을 한껏 보잘것없게 만드시고 그 보잘것없는 인간을 사랑하시는 하느님! 당신은 당신을 향한 쥐꼬리만 한 신뢰마저 앗아갈 형제들까지 만드셔야 했나요? 만물을 사랑하시는 분! 지난날에는 제 마음을 가득 채우셨던 분, 그러나 이제는 제게서 얼굴을 돌려버리신 분! 저를 당신 곁으로 불러주십시오. 더 이상 침묵만 지키고 계시지 말아주십시오. 당신의 침묵은 이 목말라하는 영혼을 붙잡아 두지 못합니다.

하느님, 자기 품으로 돌아온 아들이 '저 여기 돌아왔습니다, 아버지! 아버지의 뜻을 거스르고 중도에 여행을 그만두었다고 화내지 마세요. 세상은 어딜 가나 똑같더군요. 고생하고 일한 다음에 보상과 기쁨을 얻도록 되어 있는 게 세상이지요. 하지만 그게 제게 무슨 의미인가요? 저는 아버지가 계신 곳에서만 행복할 수 있어요. 아버지 보시는 앞에서 괴로움과 즐거움을 나눕니다'라고 말한다고 해서 화를 낼 아버지가 있을까요?

　하늘에 계신 아버지, 제가 아버지 품으로 가면 저를 쫓아내
실 건가요?"

12월 1일

빌헬름, 지난 편지에서 말했던 그 행복하면서 불행한 남자는 로테의 아버지 밑에서 일하던 서기였어. 로테를 사랑하다가 미쳐버린 거야. 그녀를 향한 사랑을 은밀히 가슴에 품고 있다가 나중에 그걸 발설하는 바람에 해고당하고 말았어.

내가 그 사실에 얼마나 충격을 받았는지 한번 짐작해봐. 알베르트가 아주 차분한 말투로 내게 그 이야기를 해주더군. 자네도 아마 아주 차분하게 이 편지를 읽겠지?

12월 4일

　　이봐, 난 이제 끝났어. 더 이상 참을 수가 없어.

　오늘 그녀와 함께 방에 앉아 있었어. 그녀는 여러 곡의 피아노를 쳤지. 그 갖가지 멜로디에 온갖 감정을 담아서! 그녀의 어린 여동생은 내 무릎 위에 앉아 인형 옷을 입혀주고 있었어. 눈물이 나왔어. 허리를 구부렸지. 그러자 그녀의 결혼반지가 눈에 띄었어. 눈에서 눈물이 쏟아졌어.

　그때 그녀가 꿈처럼 달콤한 옛 노래를 연주하기 시작했어. 마음에 어느 정도 위안이 되었어. 그리고 예전에 그 노래를 듣던 때의 일이 떠올랐어. 우울하던 일, 화나던 일, 결국 빗나가버린 내 소망 등이……. 잠시 후 나는 방 안을 이리저리 서성였어. 밀려오는 격정으로 숨이 막힐 것 같았어. 나는 그녀를 향해 달려가면서 격한 어조로 말했어.

"제발, 제발, 그만 칠 수 없어요!"

그녀는 손길을 멈추고 나를 빤히 쳐다봤어. 그러더니 미소를 지으며 말했어. 그 미소가 내 가슴에 박혔지.

"베르테르, 당신 기분이 너무 안 좋아 보여요. 좋아하는 곡도 마음에 안 들어 하고. 집에 가요. 부탁이에요. 마음을 좀 안정시키도록 해요."

나는 그녀의 손길을 뿌리치고 나왔어. 오, 하느님, 내 고통스러운 모습을 다 보셨지요! 이제 그만 이 고통을 끝내주세요.

12월 6일

그녀의 모습이 내게서 떠나질 않아. 깨어 있을 때나 잠잘 때나 그녀의 모습이 내 온 마음을 차지하고 있어. 눈을 감으면 내 마음 바로 앞에 그녀의 검은 눈동자가 보여. 바로 여기에!

아, 어떻게 표현할 길이 없어. 내가 눈을 감는 순간, 그녀의 눈동자는 바로 거기에 나타나. 마치 바다처럼, 마치 심연처럼, 그녀의 눈동자는 내 앞에, 내 안에 자리를 잡고, 내 마음속 온갖 감각들을 채워.

인간이란 존재는 도대체 뭐지? 힘이 가장 필요한 순간 정작 힘을 낼 수 없다니! 기쁨에 겨워 높이 날려할 때, 슬픔에 깊이 잠기려 할 때, 그 무겁고 멍청한 의식에 발목을 잡혀버리다니! 저 광대한 무한의 바다에서 한껏 떠돌고 싶어지는 바로 그 순간에 말이야!

편지자가 독자에게

나는 우리의 친구 베르테르가 쓴, 마지막 특별했던 며칠에 관한 유고가 많이 남아 있기를 바랐다. 내가 끼어들지 않고 그의 편지들만으로 이 책을 마무리하고 싶어서였다. 하지만 애석하게도 도중에 빈 곳이 많았다.

나는 가능한 한 정확한 정보들을 수집했다. 그러고는 사실들을 성실하게 밝히고 그의 편지들을 중간중간 끼워 넣는 방식으로 이 글을 마무리하기로 했다. 나는 조그만 쪽지 하나라도 소홀히 하지 않을 것이다. 어떤 사람이 특이한 행동을 했을 때, 그 행동에 담긴 진정한 동기를 찾아내기란 쉽지 않기 때문이다.

불만과 슬픔이 날이 갈수록 베르테르의 마음속에 뿌리를 내렸다. 그것들이 서로 얽히고설켜 결국 그의 온 존재를 사로잡고 말았다. 정신의 조화는 완전히 깨졌고 내면의 열기와 흥분으로 본성은 뒤죽박죽이 되어버렸다. 그의 마음속 불안은 남아 있던 예리한 통찰력과 감성을 좀먹었고 그는 점점 더 우울한 사람이 되어갔다. 그리고 그런 만큼 더 상식에 어긋나는 행동을 하게 되었다. 적어도 알베르트의 친구들은 그렇게 말한다.

그들의 말을 계속 전하면 다음과 같다.

베르테르 같은 사람은 거의 매일 자신의 에너지를 낭비하다 밤이 되면 비참에 빠져 괴로워한다. 그런 사람은 알베르트 같이 오랫동안 원해왔던 행복을 손에 쥔 후 그 행복을 소중하게 오래 간직하려는 순수하고 침착한 사람을 제대로 평가할 수 없다. 그들 말에 따르면 알베르트는 변한 게 하나도 없었다. 그는 베르테르가 처음에 봤던 모습 그대로였다. 그는 로테를 이 세상 누구보다 사랑하고 자랑스러워했다. 그리고 그녀가 누구에게나 훌륭한 사람으로 인정받는 것을 보고 싶어 했다. 그는 로테에 대해 조금도 의심의 빛을 보이지 않았다. 그러나 그의 소중한 보물을 그 누구와도 나누려 하지 않았다. 그런 그를 누가 비난할 수 있을까?

이상이 알베르트의 친구들 진술이다. 알베르트는 베르테르가 로테와 함께 있을 때 자주 아내의 방에서 나갔는데, 베르테르가 밉거나 싫어서가 아니라 자기가 함께 있으면 베르테르가 불편해할 것 같아서라는 게 그들의 의견이다. 그리고 그들의 의견은 틀린 게 아니다.

어느 화창한 겨울날, 로테의 아버지가 마차를 보내 수렵관으로 로테를 불렀다. 몸이 좋지 않아 방 안에서 꼼짝도 할 수 없었기 때문이었다. 로테는 마차를 타고 아버지에게 갔다. 첫눈이 엄청나게 내려 온 고장을 뒤덮고 있었다.

다음 날 아침, 베르테르는 그녀를 뒤쫓아 갔다. 알베르트가 그녀를 데리러 오지 못할 경우 자기가 데려올 생각이었다.

날씨가 화창해도 그의 우울한 마음은 조금도 나아지지 않았다. 뭔가 묵직한 것이 마음을 짓누르고 있었다. 그의 마음은 고통스러운 생각에서 고통스러운 생각으로만 움직였다. 자신이 그렇게 불만 속에서 살다 보니 베르테르에게는 다른 사람들도 위험하고 혼란스러운 상태에 있는 것처럼 보였다. 그는 알베르트와 그의 아름다운 아내의 관계도 자신이 망쳐놓았다고 생각했다. 그리고 스스로를 책망했다. 하지만 그 감정에는 그녀의 남편에 대한 은밀한 반감도 섞여 있었다.

로테를 만나러 가는 도중 그는 바로 그런 생각을 하고 있었다.

"그래, 늘 다정하고 친절하고 부드러운 데다, 무엇에나 관심을 갖는 척하지. 절대 마음이 변치 않을 것처럼 행동하지. 그건 다 독선과 무관심의 표현일 뿐이야. 그는 소중한 아내보다 하찮은 일에 더 빠져 있어. 그 인간이 자신이 지금 누리고 있는 행복이 얼마나 값진 것인지 알기나 하겠어? 자기 아내를 격에 맞게 존중할 줄이나 알겠어? 그래, 좋아. 그녀는 그의 거야. 그의 것이라고. 두말할 필요도 없는 사실이지. 그 생각에는 나도 익숙해졌어.

익숙해졌다고? 아, 그 생각이 나를 미쳐 날뛰게 만들어. 나를 죽일 것만 같아. 그녀가 그의 것이라니!

그는 도대체 나에 대해 우정을 갖고 있기나 한 걸까? 그걸 보여주기나 한 걸까? 내가 로테에게 보이는 애정을 권리 침해로 생각하는 건 아닐까? 로테에게 내가 보이는 관심을 자신에 대한 은밀한 비난이라고 생각하는 건 아닐까? 난 다 알고 있어. 그는 내가 나타나는 걸 싫어해. 떠나주길 바라고 있지. 내가 있는 게 귀찮은 거야."

그는 몇 번이고 발걸음을 돌리려 하다가 자신도 모르는 사이에 수렵관에 도착했다.

수렵관에 도착한 그는 안으로 들어갔다. 집 안이 뭔가 웅성거리고 있었다. 맏이가 그를 맞으며 말했다. 발하임에서 불상사가 생겨 농부 한 명이 살해되었다고 했다. 베르테르는 무심하게 들어 넘겼다. 그가 방 안으로 들어서니 로테가 아버지를 열심히 설득하고 있었다. 노인은 몸이 편찮은데도 불구하고 직접 현장에 가서 조사를 해야겠다고 고집을 부렸다. 살해당한 사람은 어느 미망인 집의 하인이라는 것, 전에 부리던 하인은 얼마 전 쫓겨났다는 것, 범인이 아직 밝혀지지 않아서 직접 조사를 해야만 하겠다는 것이 노인의 말이었다.

그 소리를 듣자 베르테르는 자리에서 벌떡 일어났다. 그는 직접 그곳으로 가봐야겠다며 수렵관을 나서 발하임으로 향했다. 전에 자기와 이야기를 나눈 바로 그 남자가 범행을 저질렀으리라는 사실을 그는 조금도 의심하지 않았다.

그가 마을 사람들이 모여 있는 여관 앞으로 발걸음을 옮기고 있는데 갑자기 소란이 일었다. 사람들이 "범인이 저기 끌려온다"라고 소리쳤다. 베르테르는 그쪽을 바라봤다. 그랬다. 바로 그 하인이었다. 미망인을 그토록 사랑했던 바로 그 남자였다. 베르테르는 붙잡혀 온 남자 쪽으로 달려갔다. 그리고 그 남자에게 말했다.

"도대체 무슨 일을 저지른 거요, 이 불행한 사람!"

그는 베르테르를 조용히 바라보더니 잠시 아무 말이 없다가 차분하게 입을 열었다.

"어느 누구도 그녀를 가질 수 없어요. 그럴 수 없어요."

이게 무슨 말일까? 베르테르는 주변 사람에게 물었다. 미망인이 새로 들인 하인과 결혼하려 했다는 것이었다. 베르테르는 충격을 받았다. 사람들은 그 남자를 여관으로 데려갔고 베르테르는 자리를 떴다.

수렵관으로 돌아오면서 베르테르는 자신의 슬픔, 불만, 자포자기의 심정에서 잠시 벗어날 수 있었다. 그 남자를 향한 동정심이 밀려왔기 때문이었다. 그는 그 남자를 구해야만 한다는 생각에 사로잡혔다. 그 불행한 남자는 무죄다! 그는 그 남자의 입장이 되어 깊이 생각했다. 다른 사람들에게 그가 무죄임을 증명할 수 있다는 확신이 들었다. 베르테르는 마음속으로 벌써 그 남자의 변호인이 되어 열렬한 변론이 입에서 흘러나왔다. 수렵관을 향하면서 그는 로테 아버지에게 할 말을 수없이 되뇌고 또 되뇌었다.

수렵관으로 돌아와 방으로 들어가니 알베르트가 이미 와 있었다. 베르테르는 잠시 기분이 언짢았으나 곧 마음을 가라앉히고 영지 관리인인 로테 아버지에게 열심히 자신의 생각을 말했다. 그러나 영지 관리인은 몇 번 고개를 가로저었을 뿐이었다. 베르테르가 온 힘을 다해 그를 설득하려 했지만 요지부동이었다. 그뿐 아니었다. 베르테르의 말을 반박하면서 살인범을 비호하려 한다고 비난했다.

베르테르는 포기하지 않았다. 자기가 그를 도망칠 수 있게 할 테니 제발 눈감아달라고 부탁했다. 영지 관리인이 그 부탁도 거절했음은 물론이다. 가만히 보고 있던 알베르트가 끼어들며 노인 편을 들었다. 노인은 베르테르에게 딱 잘라 말했다.

"그 사람은 목숨을 구할 수 없어."

그 소리를 들은 베르테르는 절망해서 자리를 떴다. 그가 노인의 말에 얼마나 충격을 받았는지는 그의 서류들 사이에 끼어 있는 한 장의 쪽지를 보면 알 수 있다. 그 쪽지는 분명 바로 그날 쓴 것이다.

　　이 불행한 사람, 당신은 목숨을 구할 수 없어. 우리는 살
　　아남을 수 없다는 걸 난 잘 알고 있어.

　베르테르는 알베르트가 영지 관리인 앞에서 한 이야기도 크게 거슬렸다. 은근히 자신의 이야기를 암시하고 있는 것 같았기 때문이었다. 조금만 곰곰이 생각해보면 노인과 알베르트가 옳다는 사실을 베르테르도 알 수 있었을 것이다. 하지만 그들의 말을 시인했다가는 자기 자신을 온통 부정해야 한다는 사실이 두려웠을 것이다. 그와 관련해서 우리는 짧은 메모를 하나 더 발견했다.

　　'그는 점잖고 훌륭한 사람이야'라고 속으로 수없이 되
　　뇐들 무슨 소용 있을까. 오히려 내 내장을 갈기갈기 찢
　　어버릴 뿐인데. 나는 공정할 수가 없어.

베르테르는 자신이 공정하지 않다는 사실을 알고 있었던 것이다.

온화한 저녁이었고 눈도 녹기 시작했기에 로테는 알베르트와 함께 걸어서 돌아가기로 했다. 로테는 가끔 뒤를 돌아봤다. 마치 베르테르가 뒤따라오지 않는 것을 서운해하는 듯했다.

알베르트는 베르테르 이야기를 꺼냈다. 그는 베르테르에 대해 공정한 태도를 취하는 척하면서도 그를 비난했다. 그는 베르테르의 불행한 열정에 대해 이야기하면서 그를 멀리하면 좋겠다고 말했다.

"우리를 위해서도 그게 좋을 거요. 부탁인데 그가 당신을 대하는 태도를 좀 바꾸면 좋겠소. 우리 집도 너무 자주 찾아오지 않는 게 좋을 거요. 사람들이 여기저기서 수군거려요."

그 말에 로테는 아무 대꾸도 하지 않았다. 알베르트는 그녀의 침묵이 마음에 걸리는 듯했다. 적어도 그때부터 알베르트는 베르테르 이야기는 비치지도 않았다. 로테가 베르테르 이야기를 꺼내도 잠자코 있거나 화제를 다른 곳으로 돌렸다.

베르테르가 그 불행한 남자를 구하기 위해 기울였던 헛된 노력은 꺼져가던 불꽃이 마지막으로 활활 타오른 것과 마찬가지였다. 그 일이 있은 후 그는 더욱 고통과 무위 속으로 빠져들었다.

그에게는 이제 살아오면서 겪었던 온갖 실패, 분노, 수모, 고통만이 되살아나서 마음속을 온통 휘젓고 있을 따름이었다. 그 모든 것이 아무것도 하지 않고 빈둥대는 그의 생활을 정당화해 주는 것 같았다. 자신은 세속적인 일상생활을 도저히 할 수 없는 사람이라고 그는 스스로 생각했다. 자기에게는 아무런 전망도 없다고 생각했다. 그는 모든 것을 자신의 남다른 감수성과 열정에 맡겼다. 그리고 사랑하는 여인과 계속 만나면서 마음의 평화를 스스로 깼다. 그는 아무런 목적도 희망도 없이 자신의 힘을 써버리면서 점점 더 슬픈 종말을 향해 가고 있었다.

그가 얼마나 정신적 혼란과 열정에 사로잡혀 있었는지, 그가 얼마나 끊임없이 몸부림치며 노력했는지, 그가 얼마나 삶에 권태를 느꼈는지는 그가 남겨놓은 몇 통의 편지에 잘 드러나 있다. 그 편지들을 보기로 하자.

12월 12일

사랑하는 빌헬름, 나는 악령에 사로잡혀 있다고 남들로부터 손가락질받는 사람들과 조금도 다르지 않아. 가끔은 정말로 악령에 사로잡혀. 알지 못할 광란이 일어나 내 가슴을 갈가리 찢어버리고 내 목을 짓눌러. 그러면 나는 이 혐오스러운 계절의 끔찍한 밤풍경 속을 이리저리 헤매.

어젯밤에도 밖으로 나가지 않을 수 없었어. 갑자기 해빙기가 시작되었어. 강물이 제방 위로 넘쳤으며 내가 좋아하는 계곡까지 온 천지가 물에 잠겨 있었어. 밤 11시였지. 끔찍한 광경이었어. 논밭, 초원, 나무 울타리 할 것 없이 다 위로 물이 넘쳤어. 넓은 계곡은 위아래 할 것 없이 요란한 급류에 휩싸여 있었어.

달이 떴어. 찬란한 달빛을 받은 홍수의 물결이 일렁대며 흐르는 걸 보고 있자니 왠지 모를 두려움이, 또한 왠지 모를 그리움이 몰려왔어. 나는 양팔을 벌리고 그 심연을 향해 숨을 깊숙이 들이마셨어.

"뛰어내려! 뛰어내려."

그 넘실대는 물결을 보면서 나의 온갖 괴로움과 슬픔이 함께 휩쓸려 가는 기쁨에 젖어 넋을 잃었어. 저 물결처럼 너도 흘러가라! 그러나 너는, 너는 네가 서 있는 땅 위에서 발을 떼지 못하는구나!

나는 아직 내 고통을 끝내지 못해. 아직 때가 되지 않았음을 느껴. 아, 빌헬름! 난 정말이지 이 목숨을 버려서 저기 저 폭풍우가 되고 싶어. 구름 떼를 갈기갈기 찢어버리고 강물을 낚아채고 싶어! 감옥에 갇혀버린 이 영혼도 언젠가는 그 기쁨을 맛볼 수 있지 않을까?

나는 안타까운 눈길로 지난날 로테와 산책하다 잠시 쉬었던 버드나무 아래 작은 공터를 찾아봤어. 역시 홍수로 뒤덮여 버드나무조차 찾을 수 없더군. 그렇다면 그녀의 목장은? 수렵관이 있는 지역은? 문득 그 생각이 들었어. 그러자 마치 감옥에 갇힌 죄수에게 양 떼와 초원이 꿈에 나타나듯이 지난 세월의 햇살이 밝게 내 머리 위를 비추었어.

나는 그 자리에 그대로 서 있었어. 스스로를 책망하지는 않았어. 내게는 아직 죽을 용기가 있으니까! 아, 그럴 수만 있다면……. 나는 꺼져가는 인생을 한순간이라도 더 연장하려고 땔감을 마련하고 여기저기 먹을 것을 구하러 다니는 노파처럼 거기 그렇게 앉아 있었어.

12월 14일

이게 도대체 어찌 된 일이지? 사랑하는 친구, 내가 나 자신에게 이토록 놀라다니 말이야.

로테를 향한 나의 사랑은 더없이 성스럽고 순수한 것이 아니었나? 남매간의 사랑 같은 것 아니었나? 단 한 번이라도 발칙한 욕망을 품어본 적이 있었나? 그런데 내가 그런 꿈을 꾸다니!

지난밤이었어. 자네에게 말을 하려니 마구 떨리는군. 나는 그녀를 양팔로 꼭 껴안고 있었어. 그리고 사랑을 속삭이는 그녀 입술에 수없이 키스를 퍼부었어. 아, 나는 정말 행복했어. 하느님, 그때의 행복을 지금도 느낀다면, 그 기쁨을 낱낱이 되살리려 한다면 제가 죄를 짓는 걸까요? 아, 로테, 로테!

나는 이제 끝장난 것 같아! 정신이 혼미하고 일주일 전부터는 제대로 뭔가 생각할 수도 없어. 내 눈에 눈물이 가득 고였어. 어디에 있어도 마음이 편치 않으니 아무 데나 있어도 상관없어. 난 이제 원하는 것도, 바라는 것도 없어. 이제 그만 떠나버리는 게 좋을 것 같아.

세상을 뜨겠다는 생각이 이즈음 베르테르에게 확고하게 자리를 잡은 것 같다. 그것이 그의 마지막 희망이었다. 하지만 마지막 희망인 만큼 성급하게 실행할 일은 아니며 확고한 확신이 들 때까지 침착하게 마지막 발걸음을 떼어놓아야겠다고 생각했다.

그가 결행하기까지 얼마나 망설이며 자신과 씨름하고 있었는지는 다음 메모에 잘 드러나 있다. 빌헬름에게 보내려다 만 편지의 앞 구절임이 틀림없다.

그녀가 내 앞에 살아 있다는 것, 그녀의 운명, 내 운명을 향한 그녀의 동정심, 이런 것들이 다 타버린 내 가슴에서 마지막 눈물을 짜내게 해.

장막을 걷고 그 안으로 발을 들여놓으면 돼! 그러면 모든 것이 끝나. 왜 이렇게 주저하고 망설이는 거야! 그 안쪽이 어떻게 생겼는지 몰라서? 다시는 돌아올 수 없어서? 확실하게 알지 못하는 것에 대해서는 모든 게 혼란이요 어둠뿐이라고 생각하는 게 우리 인간의 본성이야.

그는 갈수록 우울한 생각에 익숙해졌고, 친숙해졌다. 그의 결심은 확고해졌고 돌이킬 수 없어졌다. 그가 친구에게 보낸 좀 모호한 편지가 그 사실을 잘 말해주고 있다.

12월 20일

내 말을 그렇게 사랑하는 마음으로 받아주어 고마워, 빌헬름. 자네 말이 옳아. 나는 떠나는 편이 좋을 것 같아. 하지만 그곳으로 돌아오라는 자네 제안은 바로 받아들일 수 없어. 좀 돌아서 가야 할 것 같아. 날씨도 계속 춥고 도로 사정도 안 좋으니 말이야.

자네가 나를 데리러 오겠다니 기분이 좋군. 하지만 보름만 더 기다려줘. 자세한 소식을 담은 편지를 다시 보낼게.

과일이 익기 전에 너무 성급히 따면 안 되는 법이지. 보름 정도의 시간이면 많은 일을 할 수 있을 거야. 우리 어머니에게는 아들을 위해 기도 많이 해주시라고 전해줘. 그동안 너무 심려를 끼쳐드려 죄송하다고 말씀드리고. 당연히 기쁘게 해드려야 할 분을 늘 슬프게만 해드렸으니 그것도 내 운명인 것 같아. 잘 있어, 나의 소중한 친구! 하늘이 자네에게 많은 축복을 내리시기를 빌게. 잘 있어!

　당시 로테의 마음이 어떠했는지는 정확하게 알 수 없다. 다만 한 가지 확실한 것은 베르테르와 거리를 두기 위해 모든 노력을 기울이기로 그녀가 다짐했다는 사실이다. 그녀가 조금 머뭇거린 건 진심으로 그를 아끼기 때문이었다. 그녀는 그를 멀리하는 게 베르테르에게 정말로 쓰라린 일이라는 것, 거의 불가능에 가까운 일이라는 것을 잘 알고 있었다. 하지만 계속 이렇게 지내다가는 큰 대가를 치르리란 사실 역시 잘 알고 있었다. 더욱이 그녀는 확실한 태도를 취해야만 하는 처지였다. 알베르트는 로테와 베르테르 사이에 대해서는 완전히 입을 다물고 있었다. 그녀에 대한 배려였다. 그럴수록 그녀는 남편에게 자신의 진정성을 보여줘야만 했다. 언제까지 이렇게 갈 수는 없었다.

　크리스마스를 앞둔 일요일, 베르테르는 로테를 찾아갔다. 로테는 혼자 집에 있었다. 그녀는 아이들에게 선물로 줄 장난감들을 정리하느라 정신이 없었다. 베르테르는 아이들이 참 좋아하겠다며 자신이 어린 시절 크리스마스 선물을 받았던 이야기를 했다. 그러자 로테가 조금은 어색한 표정을 지으며 말했다.

"당신도, 당신도 잘만 하면 선물을 받을 수 있어요."

베르테르가 당장 되받아쳤다.

"잘만 하면이라니! 그게 무슨 말이지요? 도대체 어떻게 하면 되지요?"

그러자 로테가 말했다.

"목요일 저녁이 크리스마스이브예요. 그때 아버지랑 애들이 와요. 그때 모두 선물을 나누어줄 거예요. 그때 당신도 와요. 하지만 그전에는 오지 마요."

베르테르는 어안이 벙벙했다. 그녀가 계속 말을 이었다.

"제발 부탁이에요. 언젠가는 이렇게 될 수밖에 없어요. 나를 안심시키려면 그렇게 해줘요. 더는 이럴 수 없어요. 이렇게 계속 갈 수는 없어요."

베르테르는 방을 서성이며 "이렇게 계속 갈 수는 없다"라는 말을 계속 중얼거렸다. 자기 말 때문에 베르테르가 끔찍한 상태에 빠진 것을 안 로테가 이런저런 질문으로 그의 생각을 돌리려 했지만 소용이 없었다.

마침내 그가 말했다.

"좋아요, 로테. 두 번 다시 당신을 찾아오지 않을 거요."

그러자 그녀가 말했다.

"무슨 말이에요? 당신은 우리를 만날 수 있고 또 그래야만 해요. 다만 좀 자제를 해달라는 것뿐이에요. 왜 당신은 무엇이든 한번 시작하면 정신 못 차리고 매달리는 격한 성격을 타고 난 거죠? 제발 부탁이에요."

그녀는 그의 손을 잡고 말했다.

"좀 자제를 해줘요. 당신의 정신, 당신의 학식, 당신의 재능이 가져다줄 즐거움을 한번 생각해봐요. 남자다워져요. 나는 당신을 애타게 만들 뿐 아무것도 해줄 수 없어요. 나를 향한 애정을 거두어들여요."

베르테르는 이를 갈며 어두운 얼굴로 그녀를 바라볼 뿐이었다. 그녀는 그의 손을 잡은 채 계속했다.

"잠시만이라도 마음을 가라앉혀요, 베르테르. 당신은 자기 자신을 속이고 있어요. 자진해서 파멸의 길을 가고 있어요. 왜 나를 원하나요, 베르테르! 왜 하필 나를! 이미 다른 남자의 몸인 나를! 나는 두려워요, 정말 두려워요. 당신이 나를 가질 수 없기에 더욱더 나를 원하는 게 아닌가요?"

그는 그녀에게서 손을 빼내면서 넋이 나간 듯하면서도 못마땅한 표정으로 그녀를 바라보며 말했다.

"참 똑똑하시군. 알베르트가 해준 말이로군. 정치적이야! 아주 정치적이야!"

그녀가 바로 맞받아쳤다.

"누구나 할 수 있는 말 아닌가요? 이 넓은 세상에 당신의 마음을 채워줄 아가씨 하나 없을까요? 마음을 다잡고 한번 찾아봐요. 맹세컨대 분명 찾을 수 있을 거예요. 당신은 당신이 만든 족쇄에 스스로를 가두어버린 거예요. 자신감을 갖고 그 족쇄를 풀어버려요. 여행을 하면 마음이 좀 풀릴 거예요. 당신의 소중한 사랑을 찾아서 돌아와요. 그런 후 우리의 우정을 나누도록 해요."

그는 차가운 웃음을 지으며 말했다.

"참으로 명연설이군. 인쇄해서 모든 교사들에게 읽어보라고 하면 되겠어. 사랑하는 로테, 나를 조금만 더 내버려둬요. 금방 모든 게 끝날 테니."

"아무튼 크리스마스이브 전에 오면 안 된다는 거, 꼭 기억

해요."

그가 대답하려는데 마침 알베르트가 응접실로 들어섰다. 베르테르는 잠시 머뭇거리다가 밖으로 나왔다.

집으로 돌아온 그는 옷을 입은 채 침대에 쓰러졌다. 아침이 되자 그는 로테에게 편지를 썼다. 그 편지는 그가 죽은 뒤 로테에게 전달되었다. 여러 가지 정황으로 봐서 단번에 쓴 게 아니라 여러 번 나누어 쓴 것이 틀림없지만 그것들을 연결해 소개하면 다음과 같다.

이미 결정은 내려졌어요, 로테. 나는 죽을 겁니다. 나는 아무런 과장 없이 차분하게 이 편지를 쓰고 있어요. 내가 당신을 마지막으로 본 다음 날 아침에 말이죠. 이 편지를 당신이 읽을 때쯤이면 서늘한 무덤이 늘 고통에 시달리던 불행한 남자의 굳어버린 시체를 덮고 있을 겁니다. 일생의 마지막 순간까지 당신과 이야기를 나누는 것 외에는 다른 즐거움을 모르던 그런 불행한 남자의 시체를!

나는 끔찍한 밤을 보냈어요. 아니, 자비로운 밤이라고

하는 것이 옳을 겁니다. 죽겠다는 내 결심을 더욱 굳게 해준 밤이니까. 어제 나는 정말 심한 흥분 상태로 집에 돌아와 그냥 침대에 쓰러지고 말았지요. 당신 곁에서 지내는 기쁨도 희망도 없는 내 삶에 차갑게 직면하자 정신이 나갔던 겁니다.

오, 하느님! 당신은 제게 마지막 위안으로 이 쓰디쓴 눈물을 내려주셨습니다. 무수한 기대와 무수한 계획이 내 마음속에서 미쳐 날뛰었지요. 그러나 결국 모든 것이 확실해졌어요. 결국 딱 한 가지가 남았지요. 마지막 유일한 생각, 나는 죽고 싶다는 것 말입니다. 그 생각과 함께 나는 자리에 누웠어요. 아침이 되어 차분한 마음으로 깨어났을 때도 그 생각은 여전히 확고했어요.

"나는 죽고 싶다."

그건 절망이 아니라 확신이었습니다. 나는 내 고통을 견딜 만큼 견뎌냈고 이제 당신을 위해 나를 바치고 싶다는 확신이 섰어요. 그래요, 로테! 모른 척하고 있을 필요 없어요. 우리 중 하나는 사라져야 해요. 내가 그 역을 맡겠어요.

아, 나의 소중한 그대! 갈가리 찢긴 내 가슴속에 늘 미친 듯 날뛰며 맴도는 생각이 있었지요. 당신의 남편을 죽이고 싶다는 생각! 또는 당신을! 또는 나를! 그래 역시 나를 죽이자!

어느 화창한 여름날 저녁 산에 오르게 되면, 지난날 그 골짜기를 그토록 자주 찾아가던 나를 기억해줘요. 그리고 교회 마당 너머 내 무덤을 바라다 봐줘요. 이 글을 쓰기 시작할 때만 해도 내 마음은 차분했어요. 하지만 지금은 모든 게 너무 생생히 눈에 그려져 어린아이처럼 펑펑 울고 있습니다.

오전 10시경 베르테르는 하인을 불렀다. 옷을 입으며 그는 며칠 여행을 떠날 테니 짐을 꾸리라고 일렀다. 또한 하인에게 빚을 다 청산하고 빌려준 책은 다 회수하라고 일렀으며, 그가 평소에 도와주었던 가난한 사람들에게 두 달 치를 미리 주라고 지시했다.

그는 아침 식사를 마치자 수렵관으로 영지 관리인을 만나러 갔다. 하지만 노인은 집에 없었다. 그는 매달리는 아이들과

놀아주다가 오후 5시쯤 다시 집으로 돌아왔다. 그리고 로테에
게 보낼 편지를 마무리 지었다.

당신은 나를 기다리고 있지 않겠지요. 내가 크리스마스
이브가 돼서야 나타날 것으로 생각하고 있겠지요. 아,
로테, 당신은 크리스마스이브에 이 편지를 손에 들고 눈
물을 흘리게 될 것입니다. 나는 결행할 겁니다. 또 그렇
게 해야 합니다. 마음을 굳히고 나니 얼마나 후련한지
모르겠습니다.

그사이 로테는 어떤 심정이었을까? 그녀는 베르테르와 대
화를 나누고 난 뒤, 그와 헤어지는 게 자신에게 얼마나 힘든
일인지, 또 그가 자신과 헤어지는 게 얼마나 힘든 일인지 분명
하게 느꼈다. 그녀는 알베르트에게 베르테르가 크리스마스이
브 전에는 찾아오지 않을 것이라고 말했다.

그녀는 집에 혼자 앉아 있었다. 알베르트는 일이 있어 이웃
마을에 가서 하루 묵고 올 예정이었다. 홀로 남은 그녀는 사랑
하는 사람들과 자신의 관계에 대해 곰곰이 생각에 잠겼다. 그

녀는 자신이 남편과 영원히 결합되어 있다고 생각했다. 그들은 서로 사랑하고 있으며 인생의 행복을 누리도록 하늘이 맺어주었다고 생각했다.

하지만 베르테르도 그에게는 소중한 존재였다. 처음부터 정서상으로 서로 맞는 게 많았으며, 수많은 경험들이 그녀 가슴에 지울 수 없는 인상을 남겼다. 그와 함께 지낼 때 즐겁고 재미난 일들이 너무 많아서 그가 사라진다면 자기 마음에 채울 수 없는 큰 구멍이 생길 것 같았다.

'아, 그를 내 오빠로 바꿀 수만 있다면! 그렇게만 된다면 얼마나 행복할까! 그를 내 친구와 결혼시킬 수만 있다면!'

생각이 거기까지 이르렀지만 그녀는 자기 친구들 중에서 그에게 걸맞은 상대가 쉽사리 떠오르지 않았다. 자기도 모르는 사이에 그를 자기 사람으로 간직하고 싶은 욕망을 그녀는 은밀히 품고 있었던 것이다. 그 사실을 깨닫고 그녀는 스스로 놀랐다. 하지만 그를 간직할 수도 없고 간직해서도 안 된다는 것을 그녀는 잘 알고 있었다. 그녀는 평소의 그녀답지 않게 마음이 무거웠으며 눈앞에 흐린 구름이 잔뜩 낀 것 같았다.

저녁 6시 반쯤 되었을 때였다. 누군가 계단을 올라오는 소리가 들렸다. 그녀는 베르테르의 발걸음인 것을 금방 알 수 있었다. 가슴이 마구 뛰었다. 그렇게 가슴이 두근거린 적은 없었을 것이다. 그녀는 자기가 집에 없다고 말하라고 하고 싶었다.

그가 방으로 들어오자 그녀는 격한 목소리로 그에게 소리쳤다.

"당신, 왜 약속을 지키지 않는 거예요!"

그러자 그가 대답했다.

"나는 아무런 약속도 하지 않았어요."

"약속은 안 했더라도 내 부탁은 들어줬어야죠. 우리 두 사람의 평화를 위해 부탁했던 건데."

그녀는 자기가 무슨 말을 하고 있는 건지, 무슨 짓을 하고 있는 건지도 몰랐다. 베르테르는 방 안을 서성거렸다. 그녀는 피아노로 다가가 미뉴에트를 치기 시작했다. 그러나 제대로 칠 수가 없었다. 그녀는 마음을 가다듬고 베르테르 곁에 가서 앉았다. 그는 여느 때와 마찬가지로 긴 소파에 앉아 있었다.

그녀가 그에게 말했다.

"뭐 좀 읽을 게 없나요?"

그에게는 읽을거리가 없었다. 그가 아무 말이 없자 그녀가 서랍을 가리키며 말했다.

"저 안에 당신이 번역한 오시안의 노래들이 있어요. 난 아직까지 읽지 않았어요. 당신이 읽어주기를 기다리고 있었거든요. 하지만 그동안 그럴 기회가 없었어요."

베르테르는 미소를 지으며 직접 그 원고를 가져왔다. 원고를 잡는 순간 그는 소름이 끼쳤다. 그리고 원고를 들여다보자 두 눈에 눈물이 가득 고였다. 그는 자리를 잡고 앉아 원고를 읽기 시작했다.

"어두워가는 밤의 별이여, 너는 서쪽 하늘에서 아름답게 반짝이는구나"로 시작되는 시를 읽으면서 베르테르는 눈물을 흘렸다. 그 시를 읽으면서 그는 오시안의 운명을 자신의 운명으로 받아들였다. 베르테르는 아주 오랫동안 오시안의 시를 읽었다. 그가 시를 거의 다 읽었을 때 로테의 눈에서 한 줄기 눈물이 흘러내렸다. 그 눈물에 베르테르가 낭송을 멈추었다. 그는 원고를 치우고 그녀의 손을 잡고는 뜨거운 눈물을 흘렸다. 로테는 자신의 다른 손에 얼굴을 기댄 채 손수건에 얼굴을 묻었다.

두 사람은 극도로 흥분해 있었다. 그들은 오시안의 시를 읽고 들으며 고귀한 영웅들의 운명에 감동했다. 그들의 운명에서 자신들의 불행을 느꼈다. 그들은 그것을 함께 느꼈고 함께 눈물을 쏟았다.

베르테르는 로테의 품에 거의 안겨 있었다. 그의 눈과 입술이 타올랐다. 로테는 갑자기 몸이 떨렸다. 그녀는 몸을 빼내려고 했다. 그러나 괴로움과 동정심이 그녀를 납덩이처럼 누르고 있어 몸을 뺄 수 없었다. 그녀는 한숨 돌리려고 심호흡을 했다. 그러고는 흐느끼면서 마저 읽어달라고 부탁했다. 천사 같은 목소리였다. 베르테르는 몸을 부르르 떨었다. 심장이 터질 것 같았다. 그는 원고를 다시 집어 들고 꺼져가는 듯한 목소리로 마저 읽었다. 그가 마지막으로 읽은 대목은 아래와 같다.

왜 나를 잠에서 깨우는가, 봄바람아? 너는 나를 애무하며 말하지. "천상의 이슬로 당신을 적셔줄게요." 하지만 나는 시들 때가 되었어. 나의 잎들을 흔들어 떨어뜨릴 폭풍이 가까이 와 있어. 내일이면 나그네가 올 거야. 아름답던 내 모습을 봤던 그 사람이 올 거야. 들판 곳곳을 찾아다니며 나를 찾으려 하겠지만 나를 발견하지 못할 거야.

베르테르는 그 시구에 압도되어버렸다. 그는 깊은 절망에 빠져 로테 앞에 무릎을 꿇고 그녀의 손을 잡아 눈과 이마로 가져갔다. 그러자 그의 끔찍한 계획에 대한 예감이 그녀를 스친 것 같았다. 그녀는 넋이 나간 듯했다. 그녀는 그의 두 손을 잡아 자기 가슴에 대고 지그시 눌렀다. 그리고 슬픔을 이기지 못해 그를 향해 허리를 구부렸다. 두 사람의 불타는 뺨이 맞닿았다. 이제 두 사람에게 주위 세계는 안중에도 없었다. 베르테르는 그녀를 양팔로 감싸고 끌어안더니, 떨면서 뭔가 속삭이고 있는 그녀의 입술에 뜨거운 키스를 퍼부었다.

그녀가 "베르테르!"라고 질식할 것 같은 목소리로 말하면서 그를 떼어내려 했다. 그녀가 고결함이 담긴 차분한 목소리로 세 번째 그의 이름을 부르자 그는 그녀를 품에서 풀어주고 그 자리에 쓰러졌다. 그녀는 벌떡 일어났다. 그리고 사랑과 분노 사이에서 몸을 떨며 혼란스러운 목소리로 말했다.

"이게 마지막이에요, 베르테르! 이제 더 이상 당신을 보지 않겠어요!"

그녀는 사랑이 가득한 눈빛으로 그 불행에 빠진 남자를 쳐다보고는 급히 옆방으로 들어가 문을 닫았다. 베르테르는 그녀를 향해 팔을 뻗었지만 감히 그녀를 붙잡을 생각은 못 했다. 그는 소파에 머리를 기대고 바닥에 누워 있었다. 반 시간쯤 그렇게 있었을까, 무슨 소리가 들려 정신이 번쩍 들었다. 하녀였다. 식탁을 차리려던 참이었다. 그녀가 들어오지 않았다면 그는 언제까지나 누워 있었을 것이다. 그는 일어나 방 안을 서성였다. 하녀가 나가고 혼자 남자 그는 옆방 문 쪽으로 가서 나직한 목소리로 말했다.

"로테! 로테! 한 마디만 해줘요. 잘 가라는 말 한 마디만!"

그러나 그녀는 아무 말 하지 않았다. 그는 다시 간절히 청하고 기다렸다. 그러나 그녀에게서는 아무 반응도 없었다. 그는 벌떡 일어나 소리쳤다.

"잘 있어요, 로테! 영원히!"

밤 11시가 다 되어서야 그는 집으로 돌아와 침대에 누워 그대로 잠에 빠져 들었다. 다음 날 아침에 그는 로테에게 편지를 썼다.

이렇게 눈을 뜨는 것도 이것으로 마지막, 정말 마지막입니다. 나는 아, 다시 해를 보지 못할 것입니다. 로테, 나는 정말 반쯤 꿈에 취한 듯한 기분이에요. "이게 마지막 아침이다"라고 스스로에게 말하는 그 기분! 마지막 아침이라! 사랑하는 로테, 나는 그 말에 별 뜻을 두지 않아요. 마지막이라는 것! 지금은 이렇게 팔팔하지만 내일이면 팔다리를 늘어뜨리고 바닥에 누워 있겠지요.

죽음! 그게 도대체 뭐지요? 죽음에 대해 많은 말들을 하지만 그건 단지 꿈속의 말들일 뿐이지요. 나는 사람이 죽는 걸 여러 번 봤습니다. 인간은 한계가 있답니다. 인간은 제 인생의 시작과 끝에 대해서는 그 의미를 아무도 모르지요.

나는 아직 나의 것입니다. 아니, 당신 것입니다. 그래요, 당신 것이지요. 아, 사랑하는 로테! 그런데 우리는 잠시 떨어지고 헤어지게 되는 건가요? 아니면 영원히? 아니에요, 로테, 아니에요! 내가 어떻게 사라질 수 있겠어요? 당신이 어떻게 사라질 수 있겠어요? 우리는 이렇게 엄연히 존재하는데 사라지다니, 그게 도대체 무슨 뜻이지요?

그건 그냥 한마디 말에 불과합니다. 하나의 공허한 울림일 뿐입니다. 내 마음에 아무런 느낌도 주지 않아요. 죽는다는 것! 차갑고 좁은 곳에 묻힌다는 것!

내겐 한 여자 친구가 있었습니다. 힘들던 내 젊은 시절, 나의 모든 것인 사람이었지요. 그녀가 죽었을 때 나는 그녀의 무덤가에 서 있었습니다. 사람들이 관을 내리고 밧줄을 재빨리 잡아 올리는 것을 봤지요. 그런 다음 첫 삽의 흙이 관 위에 뿌려졌지요. 관에서 둔탁한 소리가 났습니다. 흙이 덮이면서 소리가 점점 작아지더니 결국 흙이 관을 다 덮어버렸지요. 나는 무덤가에 쓰러졌어요. 뭔가에 사로잡혔고, 충격을 받았습니다. 불안에 떨며 가슴은 갈기갈기 찢어졌지요. 그러나 그뿐, 나는 모릅니다. 내게 무슨 일이 일어난 것인지, 앞으로 내게 어떤 일이 일어날지 나는 모릅니다. 죽음! 무덤! 나는 이런 말들을 이해하지 못합니다.

아, 용서해줘요! 날 용서해줘요! 어제 그 일을! 어제의 일은 내 인생에서 마땅히 마지막 순간이어야만 합니다. 아,

나의 천사! 생전 처음으로, 그리고 분명하게 내 마음속 가장 깊은 곳까지 환희의 불꽃이 활활 타올랐습니다.

그녀는 날 사랑한다! 그녀가 날 사랑한단 말이다! 내 입술에는 아직 성스러운 불꽃이 타고 있습니다. 당신의 입술에서 흘러나온 그 불꽃이! 내 가슴에는 새롭고 뜨거운 환희가 넘칩니다. 아, 날 용서해줘요, 날 용서해줘요!

아, 나는 알고 있었습니다. 당신이 날 사랑한다는 걸. 정이 가득한 당신의 눈길에서, 당신과 처음 나눈 악수에서. 하지만 내가 당신에게서 떠나와 당신이 알베르트와 함께 있다는 걸 생각하면 나는 다시 용기를 잃고 의혹에 빠졌지요.

이제 다시는 의혹에 빠지지 않을 겁니다. 어제 내가 당신의 입술에서 느꼈고 지금도 내 안에서 느끼고 있는 활활 타오르는 생명의 불꽃은, 영원히 아무도 끌 수 없을 것입니다. 아, 그녀는 나를 사랑한다! 이 팔은 그녀를 포옹했고, 이 입술은 그녀의 입술과 포개져 떨고 있었으며, 이 입은 그녀의 입술과 포개진 채 중얼거렸었다! 그녀는 내 것이다!

당신은 나의 것입니다. 그래요, 로테! 영원히!

알베르트가 당신의 남편이라는 것, 그게 도대체 뭔데요? 남편이라니! 세상 사람들 눈에는 내가 당신을 사랑하는 게 죄가 되겠지요. 당신을 그의 품에서 끌어내 내 팔에 안는 게 죄가 되겠지요. 죄라고요? 그렇다면 좋아요. 그 죄에 대한 벌을 내가 나 스스로에게 내릴 테니까요. 나는 그 죄의 맛을 천국에서나 느낄 수 있는 환희에 젖어 맛봤습니다. 내 가슴속 깊은 데서 살아 있음의 기쁨을 누렸습니다. 생명의 힘을 가슴속까지 깊이 들이마셨습니다. 그 순간부터 당신은 나의 것입니다! 그래요, 당신은 나의 것이에요!

아, 로테! 나는 먼저 갑니다. 나의 아버지이시자 당신의 아버지이신 전능하신 그분께 가서 내 한을 털어놓겠습니다. 그분은 당신이 그분 곁으로 올 때까지 나를 위로해주실 것입니다. 당신이 그분 곁으로 오는 그날, 나는 당신을 향해 쏜살같이 달려갈 것입니다. 당신을 얼싸안을 것입니다. 하느님이 보시는 앞에서 당신을 영원히 품에 안은 채 당신 곁에 머물 것입니다.

나는 지금 꿈을 꾸고 있는 게 아닙니다. 망상에 빠져 있는 것도 아닙니다. 무덤 가까이 오니 모든 것이 더 뚜렷해지는군요. 그곳에는 우리를 위한 생이 있을 것입니다. 우리는 거기서 다시 만날 겁니다. 당신의 어머니도 만나고! 나는 당신 어머니를 만날 것입니다. 나는 당신 어머니에게 내 온 마음을 털어놓을 것입니다. 당신의 어머니, 당신을 빼닮으신 그분께.

오전 11시경에 베르테르는 알베르트가 돌아왔는지 하인에게 물었다. 아마도 돌아온 것 같다고 하인이 말했다. 그러자 베르테르는 봉하지 않은 쪽지 하나를 하인에게 건네며 알베르트에게 전하라고 했다. 그 내용은 다음과 같았다.

여행에 필요하니 당신 권총 좀 빌려주겠습니까? 잘 있어요.

한편 로테는 밤새 거의 눈을 붙이지 못했다. 그녀가 두려워했던 일이 벌어지고 만 것이었다! 평소에 너무나 순수하고 평온하던 그녀의 피는 열병에 걸린 것처럼 들끓었으며 온갖 느낌이 그녀의 가슴을 뒤흔들어버렸다.

'내가 가슴 깊이 느낀 것은 베르테르의 포옹의 불길이었을까? 아니면 그가 보인 무례함에 대한 불쾌감이었을까? 그 일이 벌어지기 이전과 지금을 비교하며 가슴을 떨었던 걸까? 무슨 낯으로 남편을 대할 수 있을까? 어떻게 남편에게 털어놓는단 말인가? 베르테르가 찾아왔다는 말만 들어도 기분 나빠할 텐데, 그런 엄청난 일이 있었다는 말을 어떻게!'

온갖 생각이 떠올라 그녀는 갈피를 잡지 못했다. 그러면서도 그녀의 생각은 자꾸 베르테르 쪽으로 쏠렸다.

'이제는 잃어버린 존재나 마찬가지인 그 사람! 그를 버린다는 것은 나도 참기 어려워! 하지만 이제는 그 사람 결정에 맡길 수밖에 없어! 아, 나를 잃는다면 남는 게 아무것도 없는 그 사람!'

알베르트가 돌아왔고 로테는 황망히 그를 맞았다. 그는 기분이 좋지 않았다. 사업이 잘 마무리되지 못한 데다 돌아오는 길 도로 사정까지 좋지 않아 기분이 상해 있었다.

그는 별일 없었느냐고 로테에게 물었다. 그녀는 황급히 어제저녁 베르테르가 왔다 갔다고 대답했다. 그는 별 반응 없이 자기 방으로 갔고 로테는 홀로 남았다. 자기가 사랑하고 존경하는 남편이 곁에 있다는 생각에 로테는 어느 정도 안정을 되찾았다. 그의 고귀한 성품과 착한 마음씨, 그리고 자신을 향한 애정을 떠올리자 한결 마음이 가벼워졌고 그를 잘 받들어야겠다고 생각했다.

그녀는 그의 방으로 뒤따라 들어갔다. 그는 소포를 뜯고 편지를 읽느라 여념이 없었다. 잠시 후 그는 책상에 앉아 무엇인가 쓰기 시작했다.

그들은 그렇게 한 시간가량 나란히 앉아 있었다. 그러는 사이 로테의 마음은 다시 어두워졌다. 도저히 그 일을 털어놓을 자신이 없었기 때문이었다. 그때 베르테르의 젊은 하인이 나타났다. 그녀는 화들짝 놀랐다. 하인이 알베르트에게 쪽지를 건네자 쪽지를 읽은 알베르트가 차분한 표정으로 아내를 바라보며 말했다.

"이 친구에게 권총을 내줘요."

그리고 하인을 바라보며 말했다.

"무사히 여행 다녀오길 빈다고 전해줘."

로테는 번갯불에라도 맞은 듯 충격을 받았다. 그녀는 비틀거리며 자리에서 일어났다. 왜 그랬는지는 자신도 알 수 없었다. 그녀는 천천히 벽 쪽으로 걸어가 권총을 꺼내 먼지를 털었다. 그녀는 머뭇거렸다. 알베르트가 그녀에게 재촉의 눈길을 보내지 않았다면 좀 더 주춤거렸을 것이다. 그녀는 권총을 하인에게 건네주었다. 무슨 말을 건넬 형편이 아니었다.

하인이 나가자 그녀는 자기 방으로 갔다. 그녀는 뭐라고 말로 표현할 수 없는 불안감에 휩싸였다. 그녀의 마음은 뭔가 끔찍한 예감으로 가득 찼다. 당장에라도 남편 발치에 엎드려 모든 걸 털어놓고 싶었다. 그리고 그 예감에 대해 말하고 싶었다. 하지만 그래봤자 소용이 없으리라는 것을 그녀는 깨달았다. 아무리 설득해도 남편이 베르테르에게 찾아갈 것 같지 않았다.

베르테르의 젊은 하인은 베르테르에게 권총을 건네주었다. 로테가 직접 건네주었다는 말을 듣고 베르테르는 매우 기뻐하며 권총을 받았다. 그는 하인에게 식사하라고 말한 후 책상 앞에 앉아 뭔가를 쓰기 시작했다. 로테에게 쓰는 편지였다.

당신이 직접 권총을 주었더군요. 먼지도 직접 닦아냈고. 나는 그 권총에 천 번도 넘게 입을 맞추었습니다. 당신이 권총을 만졌으니까요. 그대, 천상의 영혼! 당신은 내 결심에 힘을 실어주는군요. 당신 손으로 죽음을 받아들이고 싶었는데, 아! 정말 그렇게 되었네요. 권총을 내주며 당신은 부들부들 떨었다고요? 하인이 전해주더군요. 하지만 안녕이라는 말은 안 했다고요. 슬프군요, 정말 슬퍼요. 안녕이라는 말을 안 했다니! 당신과 나를 영원히 맺어준 그 순간, 그 한순간 때문에 당신은 마음의 문을 닫아야만 하는 건가요? 로테, 천년의 시간으로도 그 인상을 지울 수는 없어요. 당신, 이렇게 당신을 향해 온 마음을 불사르고 있는 남자를 미워하지는 않겠지요?

베르테르는 식사를 마친 하인에게 이것저것 챙길 것을 지시한 후 서류를 다 찢었다. 그리고 밖으로 나가 자질구레한 빚들을 다 계산해 갚았다. 그는 비가 쏟아지는데도 불구하고 이곳저곳 낯익은 곳을 쏘다녔다. 밤이 시작될 무렵 그는 다시 집으로 돌아와 빌헬름과 알베르트에게 편지를 썼다.

빌헬름, 내 생애 마지막으로 들판과 숲과 하늘을 봤어. 잘 지내. 사랑하는 어머니, 절 용서해주세요! 빌헬름, 내 어머니를 위로해줘. 하느님이 당신들에게 축복을 내려주기를! 잘 있어! 우리 다시 만나. 더 즐거운 모습으로.

알베르트, 나는 당신에게 배은망덕한 짓을 했습니다. 용서해주길 바랍니다. 나는 당신 가정의 평온을 깨뜨렸고 당신네 부부의 불신을 조장했습니다. 잘 있기 바랍니다. 나는 이제 끝장낼 생각입니다. 당신들이 내 죽음을 통해 행복해지길 바랍니다. 알베르트! 알베르트! 당신의 천사를 행복하게 해줘요! 하느님의 은총이 당신 머리 위에 머물기를 기원합니다!

그는 많은 서류들을 찢거나 불태웠다. 그리고 빌헬름 앞으로 보낼 소포 몇 덩어리를 꾸렸다. 10시 정각에 그는 하인에게 포도주를 한 병 가져오라고 한 후 그만 가서 자라고 했다. 그는 마지막 편지를 썼다.

11시 넘어서

사방이 온통 고요합니다. 나의 영혼도 그렇게 조용합니다. 감사합니다, 하느님. 이 마지막 순간을 위해 제게 이같이 따뜻한 기분과 기운을 베풀어주시다니!

이 세상 누구와도 바꿀 수 없는 그대, 나는 창가로 걸어가 바라봅니다. 구름들 사이로 뜬 몇 개의 별을 바라봅니다. 그래, 너희는 영원히 떨어지지 않아! 영원한 그분이 너희를 가슴에 안아주실 테니. 아, 로테, 모든 것이 당신을 떠오르게 합니다. 당신은 나의 주위 어디에나 있습니다. 살아서도 그랬고 죽어서도 그럴 겁니다.

당신 아버지께 편지로 내 시신 처리를 부탁해놓았습니다. 교회 앞마당, 들판을 향한 쪽 한구석에 두 그루의 보리수나무가 있습니다. 나는 그곳에서 쉬고 싶습니다. 아버지께서 내 청을 들어주실 테지만 당신도 부탁드려주길 바랍니다.

사랑하는 로테! 내가 그린 당신 스케치를 당신에게 남겨놓고 갑니다. 제발 소중히 여겨줘요. 밤이면 내가 수천 번도 더 입을 맞추었던 당신의 그 초상화를!

로테, 죽음의 잠을 가져올 잔을 잡는 게 나는 두렵지 않아요. 당신이 그 잔을 내게 건넸지요. 나는 머뭇거리지 않을 겁니다. 당신이 평온과 기쁨을 찾을 수만 있다면 나는 기꺼이 용감하게 기쁘게 죽을 수 있어요.

사랑하는 로테, 나는 지금 언제나 입던 푸른 연미복과 노란 조끼를 입고 있습니다. 나는 이 옷을 입은 채로 묻히고 싶어요. 당신이 만져 성스러워진 이 옷을 입은 채로 말입니다. 당신 아버지께 그것도 부탁해놓았습니다. 내가 당신을 처음 봤을 때 당신을 둘러싸고 있던 그 아이들, 사랑스러운 아이들, 내 주위에서 장난치던 그 아이들 모습이 지금 눈에 선합니다. 그 아이들에게 내 키스를 전하고 그들의 불행한 친구의 운명에 대해 이야기해줘요.

아, 나는 당신과 끊으려야 끊을 수 없는 관계였나 봅니다! 당신을 처음 본 순간부터 나는 당신을 놓아줄 수 없었습니다. 이 리본도 함께 묻어줘요. 당신이 내게 생일 선물로 주었지요. 아, 그런 것들을 나는 얼마나 게걸스럽게 탐냈는지! 아, 나의 길이 나를 이쪽으로 인도할 줄은 정말 몰랐습니다.

로테, 제발 부탁이니 마음 편히 가지길 바랍니다. 권총에 장전을 했습니다. 시계가 12시를 치네요. 자 이제! 로테! 로테! 안녕히! 안녕히!

이웃 사람 한 명이 화약 불꽃을 보고 총소리를 들었다. 그러나 그 뒤로 아무 소리도 들리지 않아 더 이상 신경 쓰지 않았다고 한다.

아침 6시에 하인이 등불을 들고 방 안으로 들어갔다. 하인은 피를 흘린 채 쓰러져 있는 주인과 권총을 봤다. 그는 놀라 소리를 지르며 주인을 흔들었다. 주인은 아무 대답이 없었고 목구멍에서 가르랑거리는 소리를 낼 뿐이었다.

하인은 의사와 알베르트를 부르러 달려갔다. 초인종 울리는 소리에 로테는 전율했다. 그녀는 남편을 깨웠고 둘은 잠자리에서 일어났다. 하인이 더듬더듬 전하는 소리에 로테는 정신을 잃고 쓰러졌다.

의사가 도착해보니 베르테르는 바닥에 쓰러져 있었다. 살아날 가망은 없어 보였다. 맥박은 아직 뛰고 있었지만 손발은 마비되어 있었다. 오른쪽 눈에 총구를 대고 머리를 쏘았던 것이다. 뇌수가 밖으로 터져 나와 있었다. 의사가 최후의 수단으로 팔 혈관을 쨌다. 피가 흘러나왔다. 그는 여전히 숨을 쉬고 있었다.

온 집 안과 마을 전체가 큰 소동에 휩싸였다. 얼마 후 알베르트가 들어왔다. 사람들은 베르테르를 침대 위에 눕혔다. 폐에서 가끔 가르랑거리는 소리가 날 뿐 사지는 움직이지 않았다. 알베르트가 얼마나 당혹스러워했는지, 로테가 얼마나 슬퍼했는지는 더 이상 말하지 않기로 하자.

로테의 아버지인 영지 관리인이 달려왔다. 그는 뜨거운 눈물을 흘리며 죽어가는 베르테르에게 입을 맞추었다. 로테의 동생들 중 제법 나이가 든 아이들은 베르테르의 침대 옆에 무릎을 꿇고 그의 입술에 입을 맞추었다. 베르테르가 가장 좋아했던 맏아들은 베르테르가 숨을 거둔 뒤에도 그의 입술에서 입을 떼려 하지 않아 억지로 떼어내야만 했다.

낮 12시 정각에 베르테르는 숨을 거두었다. 영지 관리인이 직접 나서서 일을 잘 마무리했기에 더 이상 큰 소동은 없었다. 밤 11시가 되자 노인은 베르테르가 직접 고른 장소에 시신을 매장하도록 시켰다. 노인은 베르테르의 유해를 따라갔다. 그의 아들들도 그의 뒤를 따랐다. 그러나 알베르트는 그럴 수 없었다. 혹시 로테가 무슨 일을 저지르지나 않을까 염려가 되어서였다. 일꾼들이 유해를 운반했다. 하지만 성직자는 한 사람도 따르지 않았다.

『젊은 베르테르의 슬픔』을 찾아서

『젊은 베르테르의 슬픔』은 너무나 유명한 작품이다. '이루어질 수 없는 사랑'을 하다 끝내 자살한 청년 베르테르 이야기. '이루어질 수 없는 사랑'의 원조 격이라고 보면 된다. 그래서 『젊은 베르테르의 슬픔』은 우리 모두의 이야기다.

'이루어질 수 없는 사랑'을 해보지 않은 사람이 있을까? 그 애절하고 진정한 사랑을 느껴보지 않은 젊음이 있을까? 인간은 사랑의 동물이다. 사랑의 힘은 너무나 커서 그 어떤 제약도 눈에 들어오지 않는다. 깊은 사랑에 빠진 사람은 다른 것은 보이지 않는다. 사랑이 모든 것을 가리고, 덮고, 물들인다. 진정으로 살아 있는 기쁨과 행복을 느낀다.

하지만 사랑이 그렇게 아름답고 행복한 것만은 아니다. "사랑이 깊으면 외로움도 깊어라"라고 한 가수는 노래했다. 왜 사랑이 깊으면 외로움도 깊어지는 걸까? 누구도 그 사랑을 함께하지 못하기 때문이다. 누구와도 그 사랑을 나누어 가질 수 없기 때문이다. 누구도 자신의 사랑을 진정으로 이해할 수 없기 때문이다. 오로지 나만의 사랑이기 때문이다. 더욱이 그 사랑이 금지된 사랑이라면?

『젊은 베르테르의 슬픔』에는 로테를 향한 베르테르의 사랑 이야기 외에 두 개의 금지된 사랑 이야기가 더 나온다. 로테를 남몰래 사모하다 미쳐버린 한 남자 이야기와 과부를 사랑하다가 자신의 연적을 죽인 하인 이야기다. 그들은 베르테르와 마찬가지로 금지된 사랑을 하다 모두 비극적인 결말을 맞는다. 그러나 그들의 결말은 베르테르와 다르다.

로테를 사랑하다 미쳐버린 남자에 대해 베르테르는 이렇게 말한다.

아, 당신은 행복해. 당신이 불행해진 것을 이 세상 탓으로 돌릴 수 있다니! 당신은 느끼지 못해, 당신의 불행은 바로 당신의 망가진 정신 속에, 당신의 부서진 가슴속에 자리 잡고 있음을 몰라. 아, 그래서 당신은 행복해.

그 남자도 사랑을 이루지 못한 것은 베르테르와 똑같다. 하지만 그는 행복하다. 미쳤기 때문이다. 미쳤기에 그 사랑이 이루어지리라는 환상 속에서 살 수 있기 때문이다. 하지만 베르테르는 그런 환상 속에서 살 수 없기에 그보다 불행하다.

한편 과부를 사랑한 하인에게서 베르테르는 진한 동질감을 느낀다. 베르테르는 그를 우연히 만나 그의 사연을 듣고 이렇게 말한다.

자기 안에 들끓고 있는 욕망, 뜨겁고 간절한 그리움을 그처럼 순수하게 표현하는 사람은 지금까지 살아오면서 한 번도 본 적이 없었어. 그런 순수함이 존재하리라고는 꿈도 꾸지 못했어. 그 순수함을 떠올릴 때마다 나 역시 마음 깊은 곳 어디에선가 불꽃이 인다고, 그런 불꽃을 갈망하고 애태운다고 말하면 자네는 나를 꾸짖겠지?

하지만 하인 또한 베르테르와 다르다. 그는 사랑하는 여인에게 직접 사랑을 표현하고 사랑을 구한다. 순수함을 있는 그대로 보여준다. 그가 연적을 살해하는 것도 그 순수함의 표현이다. 그는 정말로 사랑에 눈이 먼 행복한 사람이다.

베르테르는 다르다. 그는 자신이 순수하기 그지없는 사랑의 병에 걸렸음을 안다. 그는 로테의 남편인 알베르트가 훌륭하다는 사실도 안다. 그는 로테와 알베르트의 행복한 관계를 깨뜨리면 안 된다는 사실 역시 안다. 하지만 로테를 향한 자신의 사랑을 절대로 포기할 수 없다는 것, 자신의 사랑이 결코 이 세상에서 받아들여지지 않을 것임을 안다. 그 모든 걸 알기에 철저히 불행하다.

셋 모두 금지된 사랑을 하고 있지만 가장 불행한 쪽은 베르테르다. 베르테르는 자신의 순수한 사랑이 이 세상에서 결코 받아들여질 수 없다는 것, 그 사랑을 지닌 채 이 세상을 살아가기는 불가능하다는 사실을 깨닫고 자살한다. 그러나 자살은 끝이 아니다. 그 순수한 사랑이 품을 수 있는 마지막 희망이다. 이 세상에서 이루어질 수 없는 사랑을 내세에서 이루고자 하는 마지막 희망이다. 그 순수한 사랑이 내세에서 이루어지려면 조금도 훼손되지 않은 순수한 사랑을 간직한 채 이 세상과 작별해야 한다. 사랑을 이룰 수 없다는 절망 속에서 죽는 것이 아니라 로테를 향한 사랑을 고스란히 간직한 채 죽어야 한다. 그래서 그의 죽음은 이루어질 수 없는 사랑의 좌절이 아니라 순수한 사랑의 완성이다. 그러므로『젊은 베르테르의 슬픔』의 결말은 자살이 아니라 순수한 사랑의 승리다.

우리는 과연 그렇게 순수한 사랑을 할 수 있을까? 아마 불가능할 것이다. 더욱이 죽음에 이르는 그런 순수한 사랑은 할 수도 없고 해서도 안 된다. 그런 사랑은 우리가 세상을 살아가기 어렵게 만들 것이기 때문이다. 하지만 그런 순수한 사랑의 꿈은 얼마든지 꿀 수 있다. 순수한 사랑의 꿈은 우리를 세상 살아가기 힘들게 만드는 게 아니라, 세상을 달리 볼 수 있게 만들어준다. 세상을 바꿀 수 있는 힘이 생길 수 있게 해준다.『젊은 베르테르의 슬픔』을 읽으면서 내 안의 순수한 사랑을 느껴보자. 내 안의 순수한 사랑을 깨워보자. 세상이 달리 보일 것이다.

『젊은 베르테르의 슬픔』은 요한 볼프강 폰 괴테가 스물다

섯 살 되던 해인 1774년 간행된 편지 형식의 소설이다. 스물다섯 살에 이런 작품을 쓸 수 있다니! 저절로 입이 벌어질 수밖에 없다. 친구 애인을 사랑했던 자신의 경험과 유부녀를 사랑하다 자살한 친구 사건을 소재로 쓴 소설로, 그가 작가로서 이름을 떨칠 수 있게 해준 작품이다.

출간 후 이 작품에 공감한 많은 젊은이들이 베르테르가 죽으면서 입었던 푸른 연미복과 노란 조끼 차림을 한 채 자살을 하는 사건이 유행처럼 번져 이 소설을 더욱 유명하게 만들었다. 그래서 금서 처분을 받기까지 한다. 나폴레옹도 이 작품의 애독자로서 진중에서도 되풀이해 읽었다. 그에게도 순수한 젊음의 피가 끓고 있었나 보다. 아니다. 순수한 젊음의 피로 끓어올라보지 않은 사람이 어디 있겠는가?『젊은 베르테르의 슬픔』이 언제까지나 사람들에게 사랑받을 수밖에 없는 이유가 바로 이것이다.

괴테는 1749년 8월, 황실 고문관인 아버지와 프랑크푸르트 시장의 딸인 어머니 사이에서 태어났다. 그는 대학에서 법학을 전공했으며 변호사가 되어 스물세 살 때 베츨라어의 고등법원에서 견습 생활을 했다.『젊은 베르테르의 슬픔』의 무대가 된 곳이 바로 그곳이다.

괴테는 1775년 작센 대공국의 군주 카를 아우구스트의 초청으로 바이마르를 방문하고 그곳에 정착하기로 결심했다. 이때부터 괴테는 행정가로 활동하면서 지리학, 식물학, 광물학 등 자연에 대한 연구에 몰두했다. 어떤 면으로는 예술로부터 멀어졌던 시기였다. 1786년 서른일곱 살 되던 해에 그는 이탈리아 여행길에 올랐다. 그리고 다시 예술의 세계로 돌아갔다.

1788년 바이마르로 돌아온 괴테는 가난한 집안의 딸 크리스티아네 불피우스를 만나 동거하면서(정식 결혼은 1806년) 비로소 가정의 행복을 누리게 되었다. 이 무렵에 그는 시인과 궁정인의 갈등을 그린 희곡『타소』(1789)와, 관능의 기쁨을 노래한『로마 애가』(1790)를 발표했다. 과학 논문『식물변태론』도 이 시기의 산물이다. 1791년에는 궁정 극장의 감독이 되었으며, 그때부터 고전주의 연극 활동도 시작했다.

하지만 그런 가운데 괴테가 손에서 놓지 않은 작품이 있었으니 바로 유명한『파우스트』다. 그가 파우스트를 구상한 것은『젊은 베르테르의 슬픔』을 발표하기 한 해 전부터라고 한다. 한동안 손에서 놓기는 했지만 그의 생애는『파우스트』의

구상과 완성으로 이루어졌다고 해도 좋다. 고전주의 연극 활동을 시작하면서 그는 『파우스트』 재집필에 들어갔으며 『빌헬름 마이스터의 수업 시대』(1796)를 발표했다. 『파우스트』는 그가 죽기 한 해 전인 1831년에야 완성된 일생의 대작으로, 1821년 제2부 격인 『빌헬름 마이스터의 편력 시대』가 나와서 완성을 본 『빌헬름 마이스터의 수업 시대』 또한 그의 필생의 대작에 속한다.

뿐만 아니라 그는 왕성한 시 작업에도 몰두하여 수백 편의 시를 발표했다. 또한 광학에도 조예가 깊어 1810년 『색채론』을 발표했다. 노년까지 왕성하게 작품 활동과 연애를 했던 괴테는 1832년 83세를 일기로 행복하게 눈을 감았다. 그의 유해는 바이마르 대공가(大公家)의 묘지에 대공 및 프리드리히 실러와 나란히 안치되어 있다.

단테, 셰익스피어와 함께 세계 3대 시성으로 불리는 괴테! 그의 작품들을 읽지 않고 삶과 문학에 대해 말할 수는 없을 것이다.

『젊은 베르테르의 슬픔』 바칼로레아

1 베르테르의 로테를 향한 사랑은 이루어질 수 없는 사랑, 순수한 사랑의 대명사다. 그런데 베르테르는 왜 자살을 택했을까? 그 순수한 사랑이 이루어질 수 없다는 좌절 때문이었을까, 아니면 그 사랑이 너무 순수해서였을까?

2 여러분이 맹목적인 사랑을 쏟는 베르테르, 또는 맹목적인 사랑을 받는 로테와 같은 처지에 놓여 있다고 가정한다면, 자신은 상대방과의 관계를 어떤 식으로 풀어갈지 상상해보자.

3 소설 속 베르테르의 자살은 당시 젊은이들의 모방 자살을 낳아 큰 사회문제가 되었다. 오늘날에도 소설이나 영화, 드라마 같은 예술작품이 사람들에게 영향력을 미치는 경우를 알아보고, 우리가 예술작품을 접할 때 어떤 태도로 받아들여야 좋을지 생각해보자.

젊은 베르테르의 슬픔

생각하는 힘: 진형준 교수의 세계문학컬렉션 18

| 펴낸날 | 초판 1쇄 2017년 9월 1일 |
| | 초판 2쇄 2018년 1월 17일 |

지은이	요한 볼프강 폰 괴테
옮긴이	진형준
펴낸이	심만수
펴낸곳	(주)살림출판사
출판등록	1989년 11월 1일 제9-210호

주소	경기도 파주시 광인사길 30
전화	031-955-1350 팩스 031-624-1356
홈페이지	http://www.sallimbooks.com
이메일	book@sallimbooks.com

| ISBN | 978-89-522-3772-9 04800 |
| | 978-89-522-3718-7 04800 (세트) |

※ 값은 뒤표지에 있습니다.
※ 잘못 만들어진 책은 구입하신 서점에서 바꾸어 드립니다.

이 도서의 국립중앙도서관 출판시도서목록(CIP)은 서지정보유통지원시스템 홈페이지
(http://seoji.nl.go.kr)와 국가자료공동목록시스템(http://www.nl.go.kr/kolisnet)에서
이용하실 수 있습니다.(CIP제어번호: CIP2017019473)